宝琴
文化
LUTE MEDIA

老舍 LAO SHE
在伦敦 IN LONDON

［英］安妮·韦查德　著

尹文萍　译

北京联合出版公司
Beijing United Publishing Co.,Ltd.

是死亡将生命变成了命运。

——安德烈·马尔罗《人的境遇》

献给约瑟夫和埃莉·梅

目　录

前　言

本书通过研究中国作家老舍的早年生活及其小说作品《二马》（1929），探讨了在现代主义视角下中西方思想与艺术成果的相互作用。20世纪初的现代主义作品代表了西方文学史上的一次重大转变，这是文学研究者们在思考现代主义的本质后所达成的为数不多的一致意见。带有马克思主义倾向的人们将现代主义在语言和形式上的尝试看作是对19世纪工业资本主义和资产阶级意识形态危机的回应，而保守的评论者却把现代主义视为一个时代，并将其特点归结为"内在转向"以及对主观经验表征的高度关注。但在近期出版的《现代主义到底发生了什么？》（*What Ever Happened to Modernism?*，2010）中，加布里埃尔·约瑟波维齐（Gabriel Josipovici）指出，将现代主义等同于对工业化或表征美学革命的回应，只是一种流于表面的解读。通过拓宽现代主义时间范围的传统边界，约瑟波维齐将现代主义置于更为开阔的历史维度之内，以宗教改革所带来的对世界的"幻灭"作为现代主义的起点。他认为现代主义不应被局限于某个时代或被简化为某种风格，现代主义应该被理解为艺术"开始意识到"自身的不确定的地位和责任，就本质而言，现代主义是对真相和权威危机的回应。[1] 约瑟波维齐认为，从这个角度来看，现代主义的实践是不断发展的，而"我们每个人看待现代主义、看待艺术，甚至看待世界的目光"也是不断发展的。[2] 约瑟波维齐的表述尽管挑战了评论界中许多自鸣得意的声音，但依然属于坚定的欧洲中心论思想。在《现代的诱惑：书写半殖民地中国的现代主义》（*The Lure of the Modern: Writing Modernism in Semicolonial China*，1917—1937）一书中，史书美（Shu-mei Shih）指出，尽管现代主义总被视为国际运动，然而它却在"有系统地拒绝非白人、非西方人加入其万神殿"。[3] 这些观点都对现代主义的单一性发起了挑战，但并不是在单纯展示了这一术语的无益性之后摒弃了它，而是拓展了"现代主义"的含义，将它"真正变成了一个超越历史的、全球性的术语"，更为关键的一点是，做到了"不损伤它原本的范畴"。[4] 同时，约瑟波维齐将现代主义评价为"对真相和权威危机的回应"，而中国在那个世纪之交所发生的事情恰恰印证了这一观点。中国作家大概从未像那个时期一样，深刻地意识到他们正在经历着前所未有的国家危机，他们有新的政治理想要表达，并且倾尽全力地去寻找新的表达方式。老舍在 20 世纪 20 年代的写作经历中逐渐形成了自己的写作风格。这本书将借由老舍在这一时期的经历，帮助人们从"单一语言、单一历史时刻或是单一民族以外"的角度重新思考现代主义。[5]

　　受困于语言限制，我在完成本书时主要依靠威廉·多尔比（William Dolby）出色的《二马》译本，该译本目前尚未出版。

致 谢

感谢罗伯特·比克斯，本书受惠于他对老舍的研究。

感谢威斯敏斯特大学的同事。感谢亚历克斯·沃里克、大卫·坎宁安、马夸德·史密斯、路易丝·西尔韦斯特、利·威尔逊和西蒙·阿弗蒂，感谢他们让我顺利实现了长达一学期的学术休假。感谢西蒙·阿弗蒂、莫妮卡·赫尔马纳和迈克尔·纳特，感谢他们支撑我克服了文法和技术上的各种困难。

感谢保罗·弗伦奇的鼓励。作为本系列负责人，他在耐心等待和积极敦促之间找到了精准的平衡，除此之外，他还拥有卓越的编辑技巧。还要感谢林恩·潘和迈克·曾试读书稿，感谢梅·霍尔兹沃思审稿，感谢迈克尔·达克沃思和他的香港大学出版社团队，以及英国皇家亚洲文会上海支会对本项目以及本系列的支持。

感谢获许再版《在温德拉什河面前：在英国发现黑人和亚洲文学遗产，1786—1938》（*Before Windrush: Recovering a Black and Asian Literary Heritage within Britain*，1786—1938）中的《布鲁姆斯伯里、莱姆豪斯和皮卡迪利大街：一个中国人在伦敦的故事 》（*Bloomsbury, Limehouse and Piccadilly: A Chinese Soujurn in London*）一文，该书由帕拉维·拉斯托吉和乔斯琳·斯蒂特编辑，由剑桥学者出版社于 2009 年出版。

最后，感谢斯嘉丽·沃德允许我在本书中使用她的黄柳霜的照片。

序　言

1928 年秋，布鲁姆斯伯里

1928 年 9 月下旬的一个晚上，布鲁姆斯伯里一间离罗素广场不远的廉价公寓里冷风阵阵。屋里有一名来自中国的年轻人，穿着一套薄哔叽洋服，正蜷缩在按表计费的煤气炉前瑟瑟发抖。年轻人管这种炉子叫"吸血鬼"，此刻最让他犯愁的是身上仅剩下一个先令来"喂"它。现在是穿羊毛衫的季节了。他身上这套洋服还是四年前在上海的一家高档西式百货商场买的，到了伦敦才发现，无论春夏秋冬，这里的气候都不适合穿哔叽布料。晚餐铃响了，他肚子饿得直叫，但像这样的周末，他一般会避免出现在餐厅。因为临近尤斯顿站、国王十字站和圣潘克拉斯站等交通枢纽，住在这里的主要是销售员，来自英国殖民地的留学生，手头拮据的职员和年龄不详、身份不明的单身女人。一到周末，大部分住户不是外出，就是回到位于郊区的家中，餐厅里空空荡荡。要是有人在这时候进来用餐，女侍者就会面露愠色，这让年轻人很不舒服。这天早些时候，年轻人特地告诉女侍者自己会出去吃饭。女侍者冷冷地回了一句："哎呀，那敢情好。"这句话现在还回荡在年轻人的脑中。他顾不得咕咕叫的肚子，也顾不得那台专门吃钱的煤气炉的温度越来越低，始终在埋头写作。[1] 他愤愤地写道："只有大英博物院后面一带的房子，和小旅馆，还可以租给中国人；并不是这一带的人们特别多长着一分善心，是他们吃惯了东方人，不得不把长脸一拉，不得不和这群黄脸的怪物对付一气。"[2]

如果我的描述让读者以为，这不过又是一位背井离乡、独居在伦敦的文人，整日奋笔疾书却又默默无闻，那便是我误导诸位

图 1　老舍，摄于 20 世纪 20 年代。

了。事实上，他现在所写的是他的第三部作品。旅居伦敦的四年里，老舍在位于芬斯伯里广场的东方学院教授汉语。他的学生中有初出茅庐的传教士，有乏味无趣的家庭主妇，还有不少当地的银行和政府职员，这类人经常吵吵闹闹。其中还有一个名叫格雷厄姆·格林（Graham Greene）的

年轻人，对中国事物很是着迷。此时的老舍正在白话文创作领域书写自己的名号，已有两部作品在当时中国最具盛名的现代刊物之一——《小说月报》上连载，前途一片光明。[3]

老舍在《老张的哲学》（1926）和《赵子曰》（1927）中深情而细致地追忆了故乡北京，在一定程度上缓解了自己的思乡之情。如今他正在写作一部全然不同的小说——《二马》（1929）。过去几十年里，中国人一直对英国深恶痛绝，而这部小说将向读者展示中国人在英国首都的生活，既作为对英国帝国主义思想的控诉，也作为对中国人民的警醒。女侍者的冷嘲热讽依然让老舍耿耿于怀，他飞快地在纸上写道："二十世纪的'人'是与'国家'相对待的：强国的人是'人'，弱国的呢？狗！……中国人！你们该睁开眼看一看了，到了该睁眼的时候了！你们该挺挺腰板了，到了挺腰板的时候了！——除非你们愿意永远当狗！"[4]

老舍属于哲学家伯特兰·罗素（Bertrand Russell）在《中国问题》（*The Problem of China*，1922）一书中提到的第二代——"少年中国"。这些"五四"新青年亲身经历了列强侵略、政治革命以及社会和文化巨变，而这些变革也标志着终有一天，中国将会从一个信奉儒家思想的国家转变为一个共产主义国家。罗素认为："第一代年龄较长，他们顽强地与儒家的糟粕抗争，虽然摆脱了束缚，但难免有孤举者难起之感；第二代年纪较轻，新式学校的大门向他们敞开着。"[5] 十四岁时，老舍获得了奖学金进入北京师范学校学习。这是京城里一所很有名望的新式学校，附属于京师大学堂，而京师大学堂则是中国新文化运动以及五四运动的摇篮。当时的中国急缺教师人才，1918 年 6 月，老舍一毕业便被任命为京师公立第十七高等小学兼国民学校的校长。[6] 1919 年 5 月 4 日，就在老舍任职将满一年之时，北京的学生群情激愤，走上街头游行示威，斥责巴黎和会将德国在山东的特权转让给日本。

在西方国家看来，中国曾经是一个伟大的文明古国，如今已经停滞不前、行将就木，但日本则公认拥有与西方国家平等的国际地位，这一点在《凡尔赛和约》中体现得尤为明显。条约采取绥靖政策，允许日本攫取德国在中国的特权。学生们对于外国势力试图将中国变成半殖民地的行为深感愤怒，纷纷抗议，得到各地民众的声援，在全国范围内掀起了一场声势浩大的罢工和游行示威活动。自 19 世纪晚期以来，知识分子的不满愈演愈烈、一触即发。他们试图抛弃儒家思想的束缚，让中国融入现代世界，而五四运动就标志着这一文化转型的开端。

五四运动中的社会活动家认为，文学小说是使中国摆脱颓势的关键。刚刚成立的"中华民国"若要实现主权合法性，文化、政治、经济变革缺一不可。近代著名改革家梁启超（1873—1929）赋予了中国作家革新国民性格的重任。他希望国民通过文学作品认识

图 2　1919 年 5 月 4 日，学生等抗议者在天安门前游行。

到吸食鸦片和缠足等陋习，从而唤起羞耻之心。[7] 为了摆脱传统束缚，一些激进的作家采用了欧洲的世界观——正如西方现代主义艺术家和作家对待愚昧落后的殖民地那样，既然启蒙运动无法推进，便开始探索另一种解决症结的方法。

　　老舍处于一个独特的位置，可以同时看到中英两国在现代性、种族以及民族性等问题上的重要情形。老舍原名舒庆春，满族人，出生时正值清王朝江河日下，汉民族主义者的仇满情绪甚嚣尘上。他学习勤勉，并非完全为了学业上的荣誉，而是作为被剥夺了公民权利的满族的一分子，未来生计还要指望他在学校的成绩。在伦敦传教会的促成下，老舍于 1924 年前往伦敦工作。此时正值英国现代主义的巅峰时期，老舍的早期作品显露出了现代主义的影响。他在中国开创了新的写作题材和风格，竭力重塑中国人的艺术感受力。我们可以将老舍视为现代主义的先行者，而这种定义将会动摇欧洲中心论的观点——现代主义文学起源于西方大都市，只属于西方国家。由此可见，老舍的文学地位需要重新考量，他的代表作品也远不止于备受推崇的无产阶级经典作品《骆驼祥子》（1936）。在伦敦期间，老舍接触到了狄更斯（Dickens）、康拉德（Conrad）、乔伊斯（Joyce）和劳伦斯（Lawrence）的作品，并深受影响。然而有别于五四运动时期的同辈人，老舍并没有完全摒弃中国传统文化。他的现代主义作品采用了中式表达，而非模仿西方。他的写作中也同样体现了唐代传奇小说、明代史诗、晚清小说的叙述模式，包括了闹剧、笑剧、谴责小说以及科幻小说等体裁，甚至还有京剧和民俗故事。然而这一切对于老舍小说的影响，直到近年才开始得到关注。[8]

煤气炉不时发出噼啪声，意味着又要添钱了。老舍只得停下手中的笔，他现在要么缩回不平整的床上，但不能保证暖和，要么顶着寒气出门，看能不能换些零钱。烤栗子的香味扑鼻而来，迫使他做出了决定。布鲁姆斯伯里的魅力就在于伦敦大学及其国际招待所所处的位置，从那里可以直观地感受到吉辛[①]笔下的氛

[①]　吉辛（George Gissing，1857—1903）：英国小说家、散文家，是维多利亚时代晚期重要的现实主义小说家之一。——编者注（本书注释部分若无特别标注，均为编者注）

围。葛拉布街上，古怪的灵媒、古玩商人、神秘术士和售卖东方书籍的商贩聚集在大英博物馆周围。简直是波希米亚式的生活！如果你在凌晨三点想吃东西，大可以穿着睡衣走进一家通宵营业的小吃店，坦然地接受服务。你还可以逛到斯莱德艺术学院或是萨维尔街，这都没关系。老舍凑到街角的炭火盆边取暖，心中的怒气渐渐平息下来。流动摊贩善意的玩笑里带着真挚的温暖。老舍用铜币换了几个先令。街边烤栗子的热气和噼噼啪啪的脆响，将他的思绪带回了北京，带回了童年时代熙熙攘攘的胡同。那时候，季节的变化总能从小贩们售卖的零食种类中看出来。纸袋里装着的热腾腾的栗子，温暖着老舍冰冷的手指。

第一章

义和团与旗人：1900 年的北京

老舍的童年充斥着暴力、贫穷与排满思想。他最早的记忆是母亲讲的故事——关于父亲是怎么过世的，以及才一岁的他自己是怎么侥幸躲过八国联军的魔爪的。当年，义和团围攻欧洲使领馆，八国联军以保护使领馆的名义横冲直撞地打入北京城。母亲告诉老舍，这些"鬼子"进到家里，"一刺刀先把老黄狗刺死，而后入室搜索"。[1]老黄狗的血迹未干，后一批士兵就又冲了进来。要不是年幼的老舍睡得正熟，又被箱子扣住了，一无所获的八国联军必然会把他杀了。"在我的童年时期，我几乎不需要听什么吞吃孩子的恶魔等等故事。母亲口中的那些洋兵是比童话中巨口獠牙的恶魔更为凶暴的。况且，童话只是童话，母亲讲的是千真万确的事实，是直接与我们一家人有关的事实。"[2]八国联军烧杀抢掠的行径鲜活地印刻在老舍母亲的记忆中，她将亲眼看到的故事反反复复地讲给儿子，也将民族独立的爱国情怀灌输在他的思想里："皇上跑了，丈夫死了，鬼子来了，满城是血光火焰。"[3]老舍的父亲名叫舒永寿，是保卫皇城的正红旗护军，薪资微薄。慈禧太后在镇压反抗外国侵略的义和团后，连同朝廷官员伪装成农民仓皇出逃，舒永寿就在此时丢了性命。老舍父亲使用的还是老式抬枪，火药从枪里溢出来撒到了衣服上，让洋兵投掷的燃烧弹打燃了。抬枪于18世纪引入中国，旗兵在鸦片战争中抵抗英国侵略者时使用的正是这种武器。这种枪不但容易走火，而且需要徒手点燃火药。且不说开枪的时候不安全，只要附近有明火，持枪者随身携带的火药桶就很容易爆炸。舒永寿全身严重烧伤，爬进了北长街的一家粮店。几小时后，他的四肢已经焦黑浮肿，奄奄一息之际，被恰巧来店里找水喝的侄子发现了。[4]

老舍的旗人身份是清朝八旗制度的产物。清王朝巩固政权的先决条件之一就是战略性地将八旗驻防兵力派遣到全国各地，形成了世袭的军事等级度。八旗起初不代表民族，而是一种社会生活和军事组织形式。17世纪初的旗人可能是满族、蒙古族、藏族或朝鲜族，可能是边远地区的汉族，也可能是北方部落民族。1644年，八旗骑兵在清军将领的统领下入关。关内人口以汉族为主，由于"满汉之别"，旗人逐渐形成了一个民族概念。他们享有钱粮津贴，具有时刻准备保卫皇帝及皇室的义务。一种独具特色的防驻文化就这样发展起来。满族和汉族之间不仅仅存在着居住隔离，由于清朝禁止满汉通婚，社会隔离也随之产生。除了在法律和薪俸上享有特权，满族在官吏选拔录用中也享有优待，而这些优势最终导致满汉关系十分紧张。

根据中国古代颜色和方位之间神秘的宇宙关系，[5] 老舍一家属正红旗，居于北京内城西北部。小羊圈胡同是护国寺附近一条不起眼的小胡同，"胡同很窄，连轿车也进不来"。[6] 住在那里的都是"赤贫的劳动人民，最贵重的东西不过是张大妈的结婚戒指（也许是白铜的），或李二嫂的一根银头簪"。[7] 到老舍出生的时候，普通旗人早已沦为兵丁。受到现代军事技术的冲击，旗人传统的骑马作战训练已经流于形式。八旗制度不再是大清帝国军事上的有力补充，反而成为了社会问题。老舍在自传体小说《正红旗下》中写道："亲家爹虽是武职，四品顶戴的佐领，却不大爱谈怎么带兵与打仗。""我曾问过他是否会骑马射箭，他的回答是咳嗽了一阵，而后马上又说起养鸟的技术来。这也可的确值得说，甚至值得写一本书。"[8]

旗人仅靠清政府发放的一点钱粮过活，禁止从事其他职业，因此拥有足够的时间来消遣。对他们而言，生命的真谛在于每天循着自己的爱好，搜罗一些精巧的物件，自我陶醉一番。他们喜欢鳍薄眼鼓的金鱼，以及小到不能再小的京巴狗，还会把狗揣在长袍袖子中。旗人中流行用葫芦雕刻精美的笼子，用来饲养珍稀的鸣禽和蟋蟀。他们把小巧的哨子绑在鸽子的翅膀上，每当鸽群飞过，就能听见嗡嗡的哨音。他们对烟花爆竹兴趣十足，互相较劲，看谁放得更响、更绚烂。此外，他们还热衷培育各种各样的观赏花卉。据奥斯伯特·西特维尔[①]记载，他在 1900 年结识的一位满族致仕官员可以轻松识别 133 种菊花。[9]

老舍小时候，北京内城的生活是由一年到头的节日和庙会串起来的。每到这些日子，人们就会制作彩纸风筝、灯笼和精美的果脯匣子。尽管清政府在内城禁设戏园，然而京剧、小曲、快书、大鼓和武术杂技依然是满族人生活中不可或缺的部分。老舍非常喜欢这些传统艺术形式，它们对他后来的写作产生了很大的影响，特别是满族文化中非凡的鉴赏能力，更为他笔下的北京城增色不少。

旗人中的旗兵毕竟是少数，而一家老小却又都指望着旗兵的薪俸过活。父亲的津贴日渐微薄，母亲对钱的精打细算给老舍留下了深刻的印象。"津贴就是些分量或纯度不足的银子，需要换成现钱使用。在山西人开的烟铺、回教人开的蜡烛店或是银号钱庄里"，老舍的母亲忧心忡忡地计算着兑换率。"有时候，在她问了两家之

---

① 奥斯伯特·西特维尔（Osbert Sitwell, 1892—1969）：英国作家，出身于英国著名的西特维尔文化世家。他的姐姐伊迪斯·西特维尔（Edith Sitwell）和弟弟萨谢弗雷尔·西特维尔（Sacheverell Sitwell）也均在艺术和文学上有所建树。

后，恰好银盘儿落了，她饶白跑了腿，还少换了几百钱。"[10]

按照老舍自己的说法，他出生于"著名的 1898 年"[11] 岁末，注定失败的百日维新运动就发生在那年。康有为（1858—1927）及其他变法人士曾主张废除驻防制度，让旗人自谋生计。[12] 财力日竭的旗人却担心一旦变法成功，他们将会失去原有的"禄米"。老舍大姐的公公人称"正翁"，他身体硬朗、精神矍铄，一想到要自力更生就焦虑不安，称"出那样主意的人该剐！"。[13] 百日维新的结束无疑让那些原本可能丢掉闲差的满族贵族松了一口气。

维新派人士最早讨论满汉差异的问题时，无疑如履薄冰。为使中华民族团结起来共同抵抗外国侵略，改革人士张元济（1867—1959）谨慎地提出允许满汉通婚，希望以此消除民族差异。康有为则提倡效仿日本，穿着西式服装，废除蓄辫习俗——清朝最显著的符号。这些变化触动了慈禧太后的利益，她开始插手变法，逮捕变法人士。尽管康有为和梁启超得以逃脱，但包括康有为的弟弟康广仁、梁启超的好友谭嗣同在内的六名变法人士被公开处刑。老舍对此不动声色地写道："在我降生的时候，变法之议已经完全作罢，而且杀了几位主张变法的人。"[14]

旗人虽然被剥夺了军事职能，却依然被禁止从事其他工作，"只能在自己的一方天地中苟延残喘"。[15] 造访中国的外国人经常会以"破落"和"古雅"来评论 19 世纪与 20 世纪之交的北京内城。

不同于外城汉族聚集区熙熙攘攘的景象，内城中形成了一种独具风格的生活方式：街上的男人们都在悠闲地踱步，手里高高地托着鸟笼，或是在肩膀上搭一根纤细的鱼竿；女人们身着长袍，梳着精致的发型，头发闪着光泽，她们手中的烟袋是用黑檀木做的，里面装着兰花味的烟草，脚踩高底旗鞋，走起路来像裹脚的汉族女人那样慢条斯理。美国作家艾米丽·汉恩（Emily Hahn）写道，那些托马斯·库克①旅行社的游客们迫不及待地从船上跳到外滩或扬子江畔，率先映入眼帘的却是拥挤的电车线路、现代化的宾馆和商店，难怪他们会大失所望。不过一到满族人生活的曲折蜿蜒的街道，这种情绪便会得到缓和。"托马斯·柏克②和欧内斯特·布拉玛③所传达的意思远非如此，现在你会对白人到来之前的旧中国留下真真正正的记忆。"[16]老舍则这样描写旗人的生活："他们的一生像作着个细巧的，明白而又有点胡涂的梦……有钱的真讲究，没钱的穷讲究。生命就这么沉浮在有讲究的一汪死水里。"[17]

　　1900 年的义和团运动让北京及北方地区的驻防旗人陷入了前所未有的消沉，他们聚居的地方成了碎石瓦砾，无数人还为此丢

---

① 托马斯·库克（Thomas Cook）：世界上第一家旅行社，由"近代旅游业之父"托马斯·库克于 1841 年创立。

② 托马斯·柏克（Thomas Burke, 1886—1945）：英国作家，《莱姆豪斯之夜：唐人街故事》（*Limehouse Nights: Tales of Chinatown*, 1916）作者。

③ 欧内斯特·布拉玛（Ernest Bramah, 1868—1942）：英国作家，创作了一系列以中国人 "Kai Lung" 为讲述者的小说。

掉了性命。普通旗人的生活更加贫苦不堪，他们在最低生存线上苦苦挣扎，有做小摊贩的，有捡垃圾的，有拉黄包车的，还有卖淫的。老舍的母亲在丈夫死后仅仅能领到一些少得可怜的津贴，为了养活三个孩子，她开始做些洗衣和缝补的活计贴补家用。在老舍的回忆中，母亲"日夜操作，得些微薄的报酬，使儿女们免于死亡"。他说自己在精神状态上始终是个抑郁寡欢的孩子，因为刚一懂得点事便知道了愁吃愁喝。[18]

清政府最终决定采取措施解决旗人的社会问题。在保留八旗制度的前提下，消除满汉在法律上的差异，放开满汉通婚的禁令，允许学校在继续教授满语的同时开设其他科目，以此让满人习得谋生的技能。然而如同慈禧太后在1902年推行的其他改革措施一样，这些改革的力度太小，时候也太迟了。改革思潮在当时已经明显转向了推翻清朝的统治。

梁启超在流亡日本期间重拾写作，创办了《清议报》（1898）和《新民丛报》（1902），借之宣扬民族一体的理论。他在一封1902年写给康有为的信中这样概述自己的策略："而所以唤起民族精神者，势不得不攻满洲。日本以讨幕为最适宜之主义，中国以讨满为最适宜之主义。"[19]从中日甲午战争（1894—1895）起，梁启超就一直在声讨以种族优越性为依据的全球霸权主义，对残害他同僚的慈禧太后深恶痛绝。他开始宣扬一套伪科学的论调，诋毁满族愚蠢懦弱，没有资格与白人竞争。根据他对社会达尔文主义的理解，梁启超认为历史进步是种族斗争的结果，懦弱无能的清廷向外国势力屈服，正是在阻碍这一关乎生死的历史进程。他指责满人如同赫伯特·乔治·威尔斯（H. G. Wells）的作品《时间机器》（*The Time Machine*，1895）中机能退化、劫数难逃的埃洛伊人一样，虽需吃粮食，但不亲自耕作，虽要穿衣，但不亲自织布，五百万满人无一人有能力成为学者、农夫、工匠或商人。[20]社会达尔文主义将建构在意识形态之上的种族思想强加在世袭军事体系之上，因而受到了梁启超、谭嗣同、唐才常、严复等维新派的热烈追捧。"汉人"和"满人"如今被换作"汉族"和"满族"，这两个重新构建的概念"透着本质主义的意味，显示出种族间的排他性"。[21]梁启超运用这两个词语，将反对满族统治转化为满族和汉族之间争夺统治权的战争——如同黄种人和白种人之间的战争一样不可避免。

　　与其他革新人士一样，梁启超认为借由满汉通婚实现种族融合是壮大民族力量的关键，中国的最大希望在于通过民族同化建立统一的国家。若不如此，全国的知识分子终将发起一场革命，无论以何种形式，各省驻防满族都将必败无疑。[22]尽管梁启超希望满族在满汉矛盾进一步激化之前消除差别，与汉族融合，但他关于满族缺陷的分析过于偏激，这一种族言论为革命派根除满族提供了理由。[23] 义和团运动后，激进民族主义随着新一代学生而兴起。这些学生不是在国外接受过教育，就是像老舍一样上过新式学堂。与1898年的改良派不同，改良派的主要诉求在于把外国势力从中国清除出去，民族主义者则反对清政府的统治。在改良派看来，尽管清朝统治者是篡权夺位者，然而经过两百年之后，他们和清王朝的臣民一样都是"中国人"。但对于革命派而言，满人不能称为中国人，他们在中国并不会比帝国主义侵略者拥有更多的权利。在孙中山发起的中国同盟会的激励下，学生把矛头直接指向了满人。其中一位叫陈天华（1875—1905）的年轻人血气方刚，他效仿太平军的样子解开发辫，改留长发。1903年，他在《警世钟》中喊出了振聋发聩的口号："同饮一杯血酒，呼的呼，喊的喊，万众直前，杀那洋鬼子……满人若是帮助洋人杀我们，便先把贼官杀尽……杀！杀！杀！"[24] 1905年，陈天华在日本东京湾投海自尽，以死抗议日本政府镇压中国留学生。时年18岁的邹容（1885—1905）在《革命军》中把慈禧太后称为"卖淫妇那拉氏"，呼吁"诛绝五百万有奇被毛戴角之满州种"。[25] "排满"原本只是某些地下团体的边缘思想，却从那时起"在现代中国思想史上占有了一席之地"。[26]

　　1911年的辛亥革命中，成千上万的旗人成为排满事件的受害者，而这种排满思想成为此后十年里最典型的革命说辞。在反对清朝统治的民族主义者的辩论中，往往掺杂着对普通满族人的仇视。满族人无论男女老少，都遭到了无情的杀害、追捕或处绝，即使在争论平息之后亦是如此。在满人聚居的西安、武昌、南京、镇江、福州和太原[27]还发生了屠杀惨剧。有些满人选择了自杀，还有些人试图逃离，但逃避追查对他们来说并不容易。

"你可以通过衣服、面容和言语认出他们。满人对于红色和黄色的偏好，他们白色的衬里、高领和窄袖……他们的腰带、鞋子，统统出卖了他们。满族女人的大脚是致命的区别。她们可以换下独特的发饰和衣着，却无法遮掩正常尺寸的脚。"[28]

革命党在巩固了对武汉的统治之后，"屠满"暴行才随之结束。由于离"反满"的中心较远，北京内城得以幸免于难。清帝退位，袁世凯就任大总统，为使革命尽快结束，"中华民国"承诺民族平等。袁世凯要求停止创作"反满"作品，称其违背了新宪法的原则。新政府出台了《关于满蒙回藏各族待遇之条件》，承诺"各少数民族与汉族平等；在八旗生计问题解决之前，其俸饷依旧支放；废除营业、居住等限制"[29]，保障了旗人的人身安全。

然而面对新赋予他们的自由，京城的旗人并没有做好迎接的准备。他们大多缺乏自谋生路的技能和意愿。正如老舍所言："二百多年积下的历史尘垢，使一般的旗人既忘了自谴，也忘了自励。"[30]

1917 年，人道主义者西德尼·戴维·甘博[①]对北京进行了一次社会调查，调查结果可以佐证老舍关于旗人状况的描绘："常年靠政府薪俸过活，使得大部分旗人无法自力更生。如今，许多旗人宁可忍饥挨饿，也不肯工作。有这样的例子，一些满人宁愿卖掉家里面的地砖，也不愿意自谋职业、养家糊口。"[31] 而那些尝试谋生的满人则发现他们很难打破加之于身的偏见，外界很多人依然控诉满人不是中国人。为了免遭歧视，一些人选择放弃满族姓氏，只保留名字。（老舍的姓氏"舒"就来自他的满族姓氏"舒穆禄"的第一个字。）

在 19 世纪 20 年代及随后的许多年，民族问题依然存在。许多满人发现，想要在一个共和制国家生存下去，唯一的方式就是剔除那些具有明显的民族印记的东西，比如穿着满族服饰或者遵循满族习俗。1912 年，孙中山一纸政令，要求每个中国男性剪掉清朝标志性的辫子，表示是时候"允宜除旧染之污，作新国之民"。[32] 而在"新国之民"里，满人的地位最低。先前的旗兵有的当了警察，还有的当了街边小贩。贫困潦倒且无一技之长的满人成了人力车夫的主力军。尽管这种新兴的活计令人不齿，但胡适（1891—1962）却提议，正是这一阶层的人应当站在中国新小

---

① 西德尼·戴维·甘博（Sidney D. Gamble，1890—1968）：保洁公司创始人后代，曾前后四次到访中国进行社会调查，并留下了大量珍贵的摄影作品。

说的舞台中央。

胡适是肯定白话文地位的第一人，他认为白话文语言平实，可以赋予文学作品新的生机与活力。他在 1917 年 1 月出版的《新青年》杂志中表示，在当下这个穷人的社会，工厂的男女劳工、人力车夫、小店店主以及随处可见的小摊贩却没有在文学作品中拥有本该属于他们的一席之地。后来，老舍成为第一批为那些被边缘化、被欺压、被厌恶的城市底层群众在文学作品中发声的人，其中最有名的就是小说《骆驼祥子》和话剧《茶馆》（1957）。与大多数出身显赫的文人不同，底层社会才是老舍最熟悉的世界。

军阀割据和京城校园

语言学家罗常培（1899—1958）是老舍一生的挚友，也是他的满族同胞。据罗常培回忆，老舍当年是一名勇敢而刻苦的学生。[33] 从作家、记者，同时也是《尤利西斯》的译者萧乾身上，我们可以一窥当年中国学生艰苦的生活。萧乾的经历与老舍极为相似，同样是京城八旗之后，萧乾的父亲在他出生前一个月就去世了。母亲在军队补给站做些拆洗缝补的活计，确保儿子能够接受教育。在萧乾读小学时，"每个学生面前都摊着一本《四书》，像解闷似的，从早到晚我们就扯了喉咙'唱'着经文……说是'《大学》、《中庸》打得屁股哼哼'……身上就给打成青一块紫一块的了"。[34] 儒家的教育方式动辄以体罚为手段，迫使学生不得不用死记硬背的方法学习经典。有一次，老师在体罚老舍时打断了一根鞭子。尽管疼痛难忍，老舍硬是没流一滴泪，也没有求饶。[35] 也许比鞭打更糟糕的是少数民族学生所遭受的嘲弄。萧乾直到 1956 年才公开自己的蒙古族身份。他曾写道："上学后我发现同学们专门欺负少数民族。他们追着回族孩子骂不堪入耳的脏话，也喊过我'小鞑子'。于是我干脆把这个民族身份隐瞒起来了，填表总填'汉族'。"[36] 萧乾比老舍小十岁，足见当时大汉族主义问题的严重性。

1919 年，也就是老舍被任命为某校① 校长的第二年，萧乾进入一所新式小学堂读书。那一年，五四运动爆发，"新学就像一股清风，吹进了北京城的大街小巷"。[37] 1920 年，北京政府规定国民小学使用白话文教材。萧乾的母亲替他买了"新式的教科书，第一课是'人手足刀尺'，还有图画"。

> 我小心坎里只想知道这个"新式"学堂到底怎么个新法。课本是新式装帧，还可以嗅出印刷的油墨气味。倒是不再念"子曰"，改念"马牛羊，鸡犬豕"了。可是照旧上一段死背一段，照旧扯了喉咙"唱"。

萧乾痛苦地记得新旧教育体系的另外一点不同，"就是这位老师年纪轻一些，他的板子打在手心上更疼一些"。[38]

清末教育改革以来，国家对于新教师的需求不断。1912 年，

---

① 　即方家胡同小学。

"中华民国"第一任教育总长蔡元培（1868—1940）提出了新的教育方针，意在培养有社会责任感的新国民。1919年，京师学务局派遣老舍前往江苏省，考察当地的小学教育。次年，老舍晋升为北郊劝学所劝学员，[39]主要负责在管辖区域内推动落实新采用的西式小学教育理念。先前的勤勉终于得到了回报，老舍有了一份受人尊敬的工作，也有了一份优渥的薪水——每月将近两百美金。在当时，一美金相当于一百二十便士，而十五便士就可以在中档餐厅饱餐一顿，外加小酌一杯。[40]摆脱了苦行僧般贫苦潦倒的生活，老舍终于可以恣意享受了。他常在晚上约朋友胡吃海喝，搓麻将，听京韵大鼓或者他最爱的京剧。这些娱乐消遣多在戏院，但当老舍在回忆起这个阶段时，特地申明自己从未接触过妓女："无论是多么好的朋友拉我去，我没有答应过一回。我好像是保留着这么一点，以便自解自慰。"[41]不管这种不情愿是不是出于谨慎，可以肯定的是，老舍对于被迫卖身为妾或者为饥饿所迫在"黑暗的小巷"工作的年轻女性始终抱以同情。这一点从后来的《微神》（1933）和《月牙儿》（1935）中便可窥见一二。

在当时的中国，读书对于女孩而言意味着在婚姻市场上多了一个自我包装的亮点。"她们都打扮得很好，像铺子里的货物。"但对于谋得一份体面的工作来说，读书并没有多大用处。《月牙儿》的主人公说："学校里教给我的本事与道德都是笑话，都是吃饱了没事时的玩艺。”[42]《微神》中的女孩后来沦为卖淫女，因为做小学老师的微薄收入不足以支撑她父亲吸食鸦片的开销。

“中华民国”成立之后的几年，正是混乱无序的时期。社会秩序在变革的阵痛中瓦解，儒家伦理不再起作用，新的价值观念尚未形成。议会制度还不成熟，各派军阀趁机争夺对国家的控制权。仅从1916年至1928年，就有至少七派军阀打入了京城。为了满足一己之私，外国势力也在谋取在华利益的同时对中国内政横加干涉。任职劝学员期间，老舍不知不觉地卷入了京城北郊的政治旋涡。权力掌握在腐败的地方贵族手中，当地政府任人唯亲、贪污腐败，赌博、拉皮条、贩卖鸦片等问题普遍存在。广大民众依然生活在水深火热之中。

在老舍多年后受到的批判中，有一项是“缺席”了当年的学生运动。兰比尔·沃拉（Ranbir Vohra）在这一点上提出了较为中肯的看法：“一个满族知识分子在鼓动之下加入某个政党或派系，而‘反满’是这个由汉族知识分子建立的党派的唯一目的，发生这种事情的可能性会有多大？因此不难理解，为什么老舍即便身处教育界也没有参加1919年的五四运动。”[43]事实上，老舍在很大程度上参与了五四运动，并且亲历了昙花一现的乌托邦主义和世界主义理想。作为教育界的一分子，他所管辖的学校成为不同教育模式的试验田，测试了各种国外引入的和经过本土化改造的思想与实践，以期教化当时的中国。[44] 除此之外，他还积极投身志愿活动，活动形式远远不止抗议和口号标语，然而后者才是学者对那个时期的关注焦点。

老舍在1958年写给罗常培的讣告中强调，他和罗常培近年来都满怀爱国热情。他们憎恨反动派，但又渴望"独立的"生活，因而不愿阿谀奉承或做任何人的走狗。[45] 正是出于这种原因，在仅仅任职两年之后，老舍于1922年9月辞去了薪水丰厚的工作。这种做法所传达的个人政治立场，远比中产阶级学生空洞无力的口号深远得多。老舍不想再次卷入当地官员的尔虞我诈之中，在他看来，这些人形如妖魔鬼怪。[46] 老舍在伦敦生活初期创作的小说中也有不少关于这个时期的描写。下面这段选摘出自1927年出版的《赵子曰》，描述的正是一次学生游行示威过后的场景：

"校长室外一条扯断的麻绳，校长是捆起来打的。大门道五六只缎鞋，教员们是光着袜底逃跑的。公事房的门框上，三寸多长的一个洋钉子，钉着血已凝定的一只耳朵，那是服务二十多年老成持重的（罪案！）庶务员头上切下来的。校园温室的地上一片变成黑紫色的血，那是从一月挣十块钱的老园丁鼻子里倒出来的。

"温室中鱼缸的金鱼，亮着白肚皮浮在水面上，整盒的粉笔在缸底上冒着气泡，煎熬着那些小金鱼的未散之魂。试验室中养的小青蛙的眼珠在砖块上粘着，丧了他们应在试验台上作鬼的小命。太阳愁的躲在黑云内一天没有出来，小老鼠在黑暗中得意扬扬的在屋里嚼着死去的小青蛙的腿。" [47]

汉学家静霓·韩登（Innes Herdan）对此的解读令人瞠目："考虑到现实中很多学生在那些年里因游行示威被逮捕和杀害，这种写法尽管读来有趣，但却不合时宜。" [48] 我们无法理解她是如何从老舍痛入骨髓的描述中读出"趣味"的。更令人震惊的是，韩登此番言论出版于 1992 年，离现在如此之近。为了支持已成定式的评判思维，韩登在引用原文时删去了职员和园丁在金钱方面的细节。她只是在文章中轻蔑地质问："旅居伦敦的六年间，老舍究竟在做什么？"而同样问题，老舍在"文革"期间被红卫兵审问了许多遍。

1921 年初，老舍大病了一场。他将自己体弱多病的原因归咎于年幼时营养不良。除了担任学校劝学员和"新学"项目推广负责人，老舍还是教育部研究协会的成员，并积极参与协会的演讲团。[49] 超负荷的工作使他病倒了。他先是染上了流感，身体每况愈下，后来胃溃疡也找上门，头发在六个月里全掉光了。在今天看来，这些都是压力过大的症状。[50] 于是老舍前往北京西郊香山的卧佛寺疗养。香山曾是乾隆皇帝的皇家猎场，离满目疮痍的颐和园有一些距离。山上的梅花和桃花芬芳馥郁，古松、银杏和柿子树枝叶茂盛，因而盛名在外。

《东方杂志》的编辑杜亚泉（1873—1933）感叹，可将老舍此时的状况视为身处困境的中华民族的症状："今日之社会，几纯然为物质的势力，精神界中，殆无势力之可言……盖物质主义深入人心以来，宇宙无神，人间无灵，唯物质力之万能是认，复以惨酷无情之竞争淘汰说，鼓吹其间……一切人生之目的如何，宇宙之美观如何，均无暇问及，唯以如何而得保其生存，如何而得免于淘汰，为处世之紧急问题。质言之，即如何而使我为优者胜也，使人为劣者败者而已。如此世界，有优劣而无善恶，有胜败而无是非。"[51]

梁启超早在百日维新时期就曾指出，民族的健康离不开个人精神层面上的幸福。1911年辛亥革命后不久，杜亚泉在名为《个人之改革》（1914）的文章中指出，个人可以为西方物质主义荼毒和社会堕落提供解药，只有从个人道德层面入手才能救赎中国。在他看来，尽管新的共和政体如今已经取代了旧的社会秩序，但除此之外的一切都没有本质性的改变。如果个人无法改变自己孱弱的躯体、萎靡的精神、肤浅的心智、随波逐流的生活，那么社会的变革依然只是一个遥远的梦想。[52]

1921年夏，老舍结束在寺庙的静修，精神饱满地回归了正常生活。闲暇之余，他开始帮助刘寿绵[①]管理西直门一所专为穷人家

[①] 刘寿绵（1880—1941）：河北宛平人。京城富户，热衷慈善。后于1925年出家，法号"宗月"。

的孩子创办的学校。刘寿绵是老舍家的世交，早年间曾资助老舍
接受基础教育。正是从这个时候起，老舍加入了附近的缸瓦市基
督教堂。[53] 缸瓦市堂位于京城琉璃厂一带，于 19 世纪 60 年代在
伦敦传教会的资助下建立，最初是一座街区传道教堂。这座教堂
在义和团运动期间被毁，后于 1903 年重建。如今，这里成了欣欣
向荣的社区中心，尤其关注贫困满人的生活需求。[54] 缸瓦市堂有
附属小学、为男孩和女孩分别开办的寄宿学校、诊所、面向成人
和小孩的周日课堂以及教授英语和《圣经》的夜校。这里的牧师
是中国人，名叫宝广林，彼时刚从伦敦大学神学院留学回国。老
舍上了宝广林的英文课，两人随之熟络起来。[55] 基督教在当时激
进的民族主义者心中处于何等位置？只有弄清这个问题，我们才
能理解老舍的种种行为：亲近基督教堂，在最基层参与建设新中
国，1924 年前往伦敦，以及他的小说中对于传教士的负面描写——
尽管这些描写致使许多读者误以为老舍是一个"吃教者[①]"。[56]

　　许多改革人士和新文化运动的倡导者在反儒的同时，将科学
和理性作为生活的主导理念。然而既然宗教组织在西方已经逐渐
过时，那么试图通过宗教来实现中国的现代化还有什么意义？乔
伊斯笔下的人文主义者利奥波德·布鲁姆[②] 在回想起 1891 年查

---

① 吃教者：为物质利益而接受洗礼的基督教徒。——译者注
② 利奥波德·布鲁姆（Leopold Bloom）：出自《尤利西斯》。

尔斯·菲茨杰拉德少校赠送给爱尔兰国家博物馆的一尊卧佛雕像时，将其称为"向英国最古老的臣民展示的来自最新殖民地的战利品"。[57]布鲁姆充满嘲弄意味的想法与天主教传教士对于鸦片战争的热情不谋而合："要拯救中国的芸芸众生。不知道他们怎样向中国异教徒宣讲。宁肯要一两鸦片。天朝的子民。对他们而言，这一切是十足的异端邪说。他们的神是如来佛，手托腮帮，安详地侧卧在博物馆里。香烟缭绕。不同于头戴荆冠、钉在十字架上的。"[58]少年中国学会[①]宣称要"本科学的精神，为社会的活动，以创建少年中国"。[59]然而也有人像杜亚泉一样，质疑单凭科学便能实现这一目标。许多爱国人士从福音书中、从崇尚爱与自我牺牲的基督教理想中找到了革命信号，即精神上的革新才是政治和社会变革的先决条件。对于信奉基督教的知识分子而言，他们的挑战在于如何让那些将教堂与帝国主义挂钩的人接受基督教。

宝广林思想较为激进，他将"本色化"作为中国新教教堂的目标。在他看来，缸瓦市堂若要完全独立于英国传教士，中国人必须充分参与到教堂事务的方方面面。宝广林与老舍交流了自己的理念，老舍开始帮助宝广林翻译和出版有关政治和宗教的小册子，比如《基督教中的理想社会》。[60]此时的老舍全身心地参与

---

① 少年中国学会：五四运动时期社团组织之一，由李大钊、王光祈等人于1919年正式成立。

到了教堂的行政管理和实际活动中。他加入了缸瓦市委员会,成为社区服务中心的受托人;出任教堂附属小学的教务主任并教授修身及音乐课。他还为小学教师开设了国文暑期课程,并为此在京师学务局创办的《教育行政月刊》上写了一篇介绍。1922 年春,老舍受洗成为基督教徒。同年 9 月,老舍辞去了学务局的工作。[61]

辞职当月,老舍去往天津南开中学教授国文,任期六个月。南开中学是中国第一批新式中学,时任校长张伯苓(1876—1951)。张伯苓信奉基督教,是教育改革的先驱。他与胡适一样,曾赴美国哥伦比亚大学师从美国哲学家、心理学家和教育改革家约翰·杜威(John Dewey)。张伯苓以重视体育而闻名,认为体育可使中国人摆脱东亚病夫的形象。他亲自设计南开中学的课程,希望培养出的学生能够克服折磨中国的五种顽疾:愚、弱、贫、散、私。毕业于 1917 年的周恩来便是张伯苓最著名的学生。[62] 1923 年1 月,老舍第一篇短篇小说《小铃儿》在南开中学校刊《南开季刊》发表。这一时期,老舍还结识了另外一位很有影响力的人物——作家、历史学家许地山(1893—1941)。许地山当时即将完成燕京大学宗教学的学业,同样加入了缸瓦市堂的讨论小组——率真会。作为五四运动的先锋和《小说月报》的创刊编辑,许地山鼓励老舍写作,并像张伯苓一样与老舍结下了一生的情谊。1924 年老舍抵达伦敦后,还和许地山同住一个屋檐下。[63]

回到 1923 年的北京。在伦敦传教会资助下，老舍在燕京大学校外课程部学习英语。[64] 在这里，他受到了信奉基督教的知识分子的影响。他们主张中国人在教堂中应有更强的存在感，吴雷川（1870—1944）和赵紫宸（1888—1979）是其中的主要人物。他们在 20 世纪 20 年代早期非基督教运动中著作颇丰，提出基督教义和儒家思想是普遍对应的概念。赵紫宸赞同用哲学上具有中立意味的词"主宰"替代"上帝"，因为前者是儒家思想和佛教教义中共有的概念。[65] 两人都相信新文化运动的精神——建立一个在科学思考的基础上但又超越了科学范畴的公正社会——正是基督教教义的体现。但他们也都认为，教堂应该完全由中国人管理，以便彰显反帝的决心。在吴雷川和赵紫宸看来，耶稣如同孔子或者苏格拉底，是一位伟大的导师。他们规避了基督教教义中的超自然元素，比如上帝的神迹、童贞圣母或者天堂和地狱，目的是专注研究耶稣的所言所行。燕京大学却因此招致了外国传教士和传教组织的猛烈抨击，他们认为燕京大学的宗教团体不可信赖，是滋生激进分子的温床。[66]

无论这些抨击出于何种动机，教会学校和大学都在中国的现代化进程中扮演着重要的角色。像许多改革派人士一样，老舍深受以基督教思想为基础的西方人文主义的影响。在他看来，西方人文主义作为一种道德标准，比儒家思想更能回应那时的中国的需求。然而《二马》中对伊牧师的讽刺描写，又表明了老舍与英国传教士保持着明显的距离。伊牧师这个人物如同《尤利西斯》中高高在上的考利神父。考利神父在天主教堂没有完成传教任务时遗憾地说："还有那数百万黑、棕、黄色的灵魂。当大限像夜里的小偷那样突然来到时，他们却尚未接受洗礼。依考利神父看来……未免太可惜了，而且也可以说是一种浪费。"[67]而老舍笔下的伊牧师在中国传教二十多年："对于中国事儿，他全知道。他真爱中国人：半夜睡不着的时候，总是祷告上帝快快的叫中国变成英国的属国；他含着热泪告诉上帝：中国人要不叫英国人管起来，这群黄脸黑头发的东西，怎么也升不了天堂！"[68]

　　从南开中学回京之后，老舍在京师公立第一中学 [①] 教授国文和修身课，同时在政治家、北京大学教授顾孟余（1888—1972）手下任北京教育会文书。老舍此时的薪水不足先前的三分之一，只能勉强度日。他不得不卖掉自己的皮衣，接济母亲挨过寒冬。[69] 1923 年和 1924 年的北京并不太平。中国北方深受内战蹂躏，以日本为靠山的"大元帅"张作霖和人称"基督将军"的民族主义者冯玉祥正在争夺对北方的控制权。北京内城深受食物短缺和通货膨胀之扰，城中居民永远拿不准政治的风向吹向何方。无端的逮捕、绑架、被迫征召入伍，以及远处传来的无休止的枪炮声让百姓惶惶不安。老舍来到一家位于灯市口的伦敦传教会教堂帮忙，与附近的穷苦大众

---

① 京师公立第一中学：现北京市第一中学。

共事。宝广林此时也已经离开缸瓦市堂，活跃在革命运动的一线，偶尔会去灯市口的教堂。结果，教堂的两位中国牧师被张作霖的手下抓走，理由是他们允许由年轻的共产主义者领导的马克思主义学习小组在教堂碰面，怀疑是串通宝广林参与地下活动。[70] 老舍在其话剧《茶馆》的第二幕中刻画了这一时期的混乱和悲惨。

　　1924 年夏，老舍获得了伦敦的一份任期五年的教职。事情的缘起是，燕京大学有一位叫艾温士①的英籍教授，他的岳父是威尔士的传教士、语言学家瑞思义（W.Hopkyn Rees，1859—1924）。瑞思义亲历过义和团运动，当时已从伦敦传教会退休，在伦敦大学教授中文。他先前曾非正式地监管过缸瓦市堂，但在 1922 年 12 月一次"严重的精神崩溃"[71] 后就返回了英国。考虑到老舍从 1923 年 9 月才开始在燕京大学学习英文，所以艾温士没有教过老舍，但两人的人生之路应该在 1922 年缸瓦市堂就有了交集。艾温士回到伦敦后在伦敦大学东方学院教书，瑞思义在物色教授汉语讲师时采纳了他的建议，找到了老舍。身着西装、手拿伦敦传教会资助的二等舱船票的老舍登上了从上海开往英国哈里奇港的"德万哈号"客轮。1924 年 9 月 14 日，艾温士在伦敦坎农街站迎接老舍的到来。

---

① 艾温士（Robert Kenneth Evens，1880—1925）：又译"易文思"。

第二章

"中国很有趣，非常有趣"

（埃兹拉·庞德，1914）

"（人们）并没有意识到第一次世界大战即将到来，一股创新风潮似乎正席卷伦敦……埃兹拉的推动力无处不在。"[1]

老舍之所以在中国小说史上占有举足轻重的地位，大概与他抵达伦敦的十五年前，也就是 1910 年左右在伦敦发生的一系列事件不无关系。弗吉尼亚·伍尔夫（Virginia Woolf，1882—1941）将这一年称为现代主义元年。本章节将概述伦敦文化格局的拓展轨迹，即如何借由现代主义作家与中国的交流摆脱了此前"极度偏狭且具有沙文主义色彩"的境况。[2]埃兹拉·庞德（Ezra Pound，1885—1972）是这场全球性美学交流中的关键人物。这场交流反过来也决定了胡适在五四运动之后开给汉语写作的药方。

　　中国的文学革命源于其现代化道路上的独特经历。这份经历与中国当时的处境，即处于殖民主义侵略的危急关头有着千丝万缕的关系。而与此同时，正是帝国主义扩张催生了西方现代主义艺术。在帝国主义国家的首都，"权利和财富高度集中"，"人们可以接触到各种各样的亚文化"，[3]这两个条件进而促使现代主义艺术得以迅速发展。一些爱德华时代的作家、艺术家和知识分子聚到一起，结成了"大英博物馆文化圈"（the British Museum Circle）。这些人偶尔会在伦敦苏活区老康普顿街上的罗什法式餐厅共进晚餐，但多数时间是在午餐时定期光顾位于博物馆拐角处新牛津街上的维也纳咖啡厅。劳伦斯·宾扬（Laurence Binyon，1869—1943）是圈子里的核心人物，他以前是一位颓废派诗人，时任大英博物馆东方版画与绘画部负责人，也为《星期六评论》（*Saturday Review*）杂志撰写艺术评论。1910 年，圈子里围绕中国艺术重要性的讨论越来越火热。大英博物馆当时刚从探险家、考古学家斯坦因（Aurel Stein，1862—1943）手中购得一批极好的文物——出自新疆某石窟的早期佛教经卷①，令宾扬大为兴奋。他计划举办一次东方艺术展，深信展览会产生巨大的影响。

　　20 世纪的第一个十年，由于维多利亚时代的荣光逐渐暗淡，伦敦先锋派对东方艺术和哲学的兴趣激增。西方艺术停滞不前的

---

① 即敦煌文书。

状态，使人们对所谓的进步观念和西方现代化的优势产生了质疑。布尔战争[①]使英国民众深刻体会到了殖民扩张的惨重后果，加之爱尔兰问题僵持不下，形成了一股声势浩大的反帝国主义浪潮。战前伦敦的现代主义者开始参照中国古代的智慧，反观崇尚物质主义的西方在思想上的欠缺与不足。

剑桥大学哲学家 G.L. 狄更生（Goldsworthy Lowes Dickinson）于 1902 年出版了《"中国佬"信札》（*Letters from John Chinaman*）。该书仿照奥利弗·哥尔德斯密斯（Oliver Goldsmith）[②]早前的随笔《世界公民》（*The Citizen of the World*，1760），以一位旅居伦敦的中国人与住在北京的老友往来书信的形式，披露了英国的政治缺陷与独特特征，使很多读者都误以为是真实的信件。作为一种文学创作手法，"东方来客"长久以来正是通过视角的转换来达到对欧洲的文化规范的嘲讽效果的。狄更生的作品批判了西方的侵略行径，或者说批判了那个远离剑桥和布鲁姆斯伯里的"丑陋、残忍以及麻木的世界"，[4] 同时也唤起了西方人对于理想化的中国的向往。阿瑟·韦利（Arthur Waley）是与狄更生同时期的剑桥学者，他曾在大英博物馆工作，也是宾扬的下属，工作期间自学了汉语。在韦利眼中，中国是一个美学乌托邦。他自费印刷翻译诗集《中国诗歌》

---

① 布尔战争（1899—1902）：英国与荷兰移民后裔布尔人建立的德兰士瓦共和国，为争夺南非领土与资源而发生的战争。

② 奥利弗·哥尔德斯密斯（Oliver Goldsmith，1728—1774）：英国散文家、诗人、戏剧家。

（*Chinese Poems*，1916），送给了狄更生、宾扬、克莱夫·贝尔
（Clive Bell）、罗杰·弗莱（Roger Fry）、多拉·卡林顿（Dora
Carrington）、伯特兰·罗素、T.S.艾略特（T. S. Eliot）和伦纳德·伍
尔夫（Leonard Woolf）等"布鲁姆斯伯里文化圈"[①]的朋友，此外
还寄送给了德高望重的爱尔兰诗人 W.B.叶芝（W. B. Yeats）和极具
感召力的美国先锋人士埃兹拉·庞德。而后随着《一百七十首中国
古诗选译》（*A Hundred and Seventy Chinese Poems*，1918）和《中
国古诗选译续集》（*More Translations From the Chinese*，1919）相
继出版，普通读者得以欣赏到韦利笔下的山水中国。与此同时，知
识分子对于充满异域情调的古老中国的兴趣成为英国现代主义的构
成元素之一，在庞德所代表的意象派及其广受赞誉的诗集《中国》
（*Cathay*，1915）的影响之下尤为显著。

　　大部分有关现代主义文学的论述都会提到弗吉尼亚·伍尔夫
指出的现代主义的开端。伍尔夫表示："1910 年 12 月左右，人
性转变了。"[5]这一年有两个标志性事件：第一个是爱德华七世于
5 月离世，第二个是罗杰·弗莱于 11 月在伦敦格拉夫顿画廊举办
了轰动一时的"马奈和后印象派"展览。同年 6 月，由宾扬策划
的中日绘画展在大英博物馆开展。这场展览虽然未能引发普遍讨

[①]　布鲁姆斯伯里文化圈（Bloomsbury Group）：1907—1930 年之间英国上层阶级和知识
分子组成的文化圈，因常在伦敦布鲁姆斯伯里一带聚会而得名，成员包括弗吉尼亚·伍尔
夫和她的姐姐瓦妮莎·贝尔（Vanessa Bell）等。

论，但对后爱德华时代的现代主义审美而言意义重大。[6]

1908年秋，埃兹拉·庞德抵达伦敦不久后就被引荐给了宾扬。宾扬当时刚刚出版了《远东绘画：亚洲（偏重中国和日本）绘画艺术史导论》（*Painting in the Far East: An Introduction to the History of Pictorial Art in Asia Especially China and Japan*，1908），在阿尔伯特音乐厅的小剧场举办了"东西方的艺术和思想"系列讲座。当时的庞德还是一位穿着怪异、头发蓬乱的年轻诗人，渴望在文学领域大展拳脚、留下自己的印记。他参加了这些讲座，觉得"极其有趣"。[7]庞德随后加入了"大英博物馆文化圈"，常与圈内人士一起在维也纳咖啡厅里共进午餐，其间所聊的内容为庞德之后关于中国美学的观点提供了基础。

1860年，第二次鸦片战争以清政府失败而告终，圆明园惨遭洗劫，数量空前的中国文物出现在伦敦的博物馆和拍卖行。1900年，义和团运动遭到镇压，洗劫而来的文物充斥了整个欧洲市场。这些物件在制作之初，本是为了迎合中国贵族的高雅趣味，而非出口贸易。然而到了西方，它们只能被当作具有人类学价值的新奇玩意儿登记在册，除了"东方古董"之外再无任何描述性词汇。这些中国文物不曾将它们的艺术品价值传递到西方，也不曾带去浪漫主义所珍重的审美体验。西方人对中国文物的认识存在很大偏差，认为它们只不过是"中国风情"的体现，属于"洛可可风

格的一部分"。[8]针对这种榆枋之见,宾扬回应道:

> 提到"灿烂的东方",就会联想到奢华,脑海中就会浮
> 现出令人赏心悦目的富丽堂皇。然而这种模糊的联想真的能
> 够代表东方吗?难道除了商店里常见的地毯和刺绣,以及闪
> 着光泽的瓷器和做工精美的金属器物,除了类似于阿拉丁的
> 故事中的红宝石托盘,以及类似于《一千零一夜》中金碧辉
> 煌的家具和装饰,除了同样留下模糊而华丽印象的一百句中
> 国诗句,就别无他物了吗?[9]

宾扬不仅让英国公众接触到了中国艺术,也促使伦敦先锋派
正确地了解了中国以及远东地区的美学。他在评论罗杰·弗莱举
办的后印象派展览时表示,现代艺术在探索"美好的感知"的同
时遗忘了某种灵性,而当务之急正是将其找回。人们渴望一种更
加深远、更加浓烈、更加具有基本之精神的艺术,它能够让思想
之间的碰撞变得更加直接。[10]尽管宾扬对塞尚、凡·高和高更赞
赏有加,但认为他们"与其说是大师,不如说是在努力成为大师"。
西方艺术已经被所谓的唯物主义、科学思想与模仿精神"扭曲和
削弱",宾扬认为自己想要的答案存在于中国艺术中。中国人从
不认为艺术是对大自然的模仿,即便有人提出类似的观点,也会
被视为无足轻重、转瞬即逝的异端。[11]

之前出版的《远东绘画》一书从历史和地理的角度着重阐述了东方艺术的形式和技巧问题，公众也已对后印象派画家的艺术尝试有所了解。1911 年，宾扬出版了《巨龙的腾飞：中日艺术理论与实践》（*The Flight of the Dragon : An Essay in the Theory and Practice of Art in China and Japan*），书中运用了一系列形式化的词语，有效解读了文艺复兴以来中国与西方在艺术创作上的区别：前者讲构图，后者重模仿。宾扬"构建了一套语言体系，用来描述非模仿艺术，更准确地说是与模仿艺术的固有理念格格不入的艺术"。宾扬的用词不仅成功地翻译了中国艺术中的"外语"，而且"为那些在后印象派艺术中发现了同样异质的人提供了宝贵的工具"。[12] 这本书在 1915 年7 月出版的旋涡派杂志《疾风》第二期中也受到了庞德的极大关注。

庞德的"旋涡"理论基于他对汉字象形特征的理解，这一理论为英国先锋运动——旋涡主义提供了基础。庞德认为，"旋涡"是"一个放射性点或放射束，一个我势必称其为旋涡的东西，所有观念持续而快速地进入它、穿过它、离开它"。[13] 庞德认同宾扬观点，即中国文化将在拓展西方知识边界的过程中发挥创造性作用，并在写给纽约律师以及现代艺术赞助人约翰·奎恩（John Quinn）的信中进一步表示："我认为中国可以取代罗马，成为古老的代名词。"[14]

中国和中国文化中的某种东西显然吸引了庞德。他广泛涉猎中国经典诗歌和儒家典籍，试图摆脱维多利亚时代诗歌所遗留下来的严重的"迂回"（slither）[15]问题。受汉字这种表意文字所具有的简洁性的启发，庞德的现代主义意象派思想得到了发展。[16]他在1913年10月写给多萝西·莎士比亚（Dorothy Shakespear）（后来成了庞德的妻子）的一封信中兴奋地表示："汉语中没有长诗。中国人认为如果不能在十二行诗之内说明所思所想，便不如不说。在公元前四世纪，也就是意象派诗人屈原生活的时期，中国人已经有如此见解了。"[17]

庞德对于屈原诗歌的阐释，为他在英文诗歌中引入的新原则赋予了"具有历史意义的权威"。[18]庞德认为，意象主义正是中国诗歌始终遵循的原则。1913年，意象派诗人所创作的精简的、碎片化的诗歌就如同汉语一样，让人觉得怪诞不经。[19]这种被意象派创建人之一理查德·阿尔丁顿（Richard Aldington，1892—1962）称赞为"诗歌革命"的诗歌言简意赅，擅于运用意象并置（juxta-position），这些特点对习惯了陈词滥调的读者提出了新的要求。毕竟在当时的风气之下，即便最有抱负的诗人也深受庸俗的愁绪和过时的形式所累。

1912年，哈利特·门罗（Harriet Monroe）在芝加哥创办了《诗刊》（*Poetry*），庞德成为这本期刊的驻伦敦通讯员，他向门罗保证："我几乎能见到每一个重要的人。"[20]1913年，《诗刊》上刊登的一些"中国的东西"引起了庞德的兴趣，他因此决定将目光转向中国。这些"中国的东西"便是艾伦·厄普沃德（Allen Upward）散文诗《从中国瓷器里散落出来的香茶叶》（*Scented Leaves from a Chinese Jar*）。厄普沃德在英国现代主义史上影响深远，却在很大程度上受到了忽视。他行为古怪，学识渊博，沉迷于儒家思想。1901 年，厄普沃德与诗人朗斯洛特·克兰默–宾（Launcelot Cranmer-Byng）在弗里特街 [①] 建立了一家名为"东方出版社"（Orient Press）的小型出版社。东方出版社周边的出版社大多平平无奇，却拥有广大的读者市场，占据着"压倒性的支配地位"。厄普沃德和朗斯洛特·克兰默–宾推出了"东方智慧"（The Wisdom of the East）系列图书，无疑是要与出版市场针锋相对。[21] 厄普沃德既没有去过中国，也不会说汉语，他对诗歌的认识和实践源于翟理思（Herbert A. Giles）的翻译集《中国文学选珍》（*Gems of Chinese Literature*, 1884）。尽管厄普沃德最初是为《诗刊》效劳，但很快就被庞德拉拢，"归入意象派的队伍"。[22] 用厄普沃德自己的话说："（庞德）站了起来，称我为意象派诗人，我根本不知道那是什么意思。"[23] 厄普沃德向庞德推荐了孔子和翟理思的著作。读过翟理思在《中国文学史》（*A History of Chinese Literature*, 1901）中对中国诗歌的介绍后，庞德给多萝西写信道：

[①]　弗里特街（Fleet Street）：英国伦敦著名街道，本意为"舰队河"。18 世纪以来成为英国新闻和出版业的中心。

"简洁的确是中国诗歌的灵魂所在，一首诗暗含的意思比直白说出来的东西要重要得多……一首诗的理想长度是十二行……中国人认为，如果一个诗人不能在规定的篇幅内写完他要说的话，那么他还是不要写了。"[24]评论家钱兆明将庞德对中国诗歌的研究定义为"误译"，如同"隔着模糊的玻璃对中国诗歌的匆匆一瞥"，其中这层模糊的玻璃便是翟理思用"维多利亚时代的英语"对中国诗歌的误译。[25]维多利亚时代可以说是译介中国文学最糟糕的时代。那个时代的英语"风格华丽而冗长，语调严肃做作，笨拙且喜用倒装的句法，所有的这一切都与行云流水般变幻莫测、引经据典的中国传统文学相去甚远"。"抛开语言修辞不讲，维多利亚时代的殖民主义思想、西方的物质进步观点和基督教世界改良论混合在一起，使它成了最不适合了解清澈通透的中国哲学的时期。"[26]尽管如此，庞德的"误译"却使他立即投入到了新的诗歌创作中。正值"一战"爆发，庞德从伦敦写信安抚父母，称伦敦"尚未被德国人炸毁"。[27]后来死于战火的年轻旋涡派雕塑家亨利·戈迪埃-布尔泽斯卡（Henri Gaudier-Brzeska）从前线寄来战况报告，庞德则回寄给他中国五世纪的诗歌《诗经·小雅·鹿鸣之什·采薇》和《古风·胡关饶风沙》。戈迪埃-布尔泽斯卡在回信中说："这些诗歌以一种完美的方式描绘了我们目前的处境。"[28]尽管同时代的评论往往对庞德的《意象派诗选》（*Des*

Imagistes，1914）和《华夏集》（Cathay，1915）满是指摘，但这两部作品却成为现代英美诗歌历史上最重要、最具影响力的诗集之一，也是庞德通过宾扬和厄普沃德"发现"中国的具体体现。[29]

庞德曾在 1914 年 1 月考虑过在中国谋职。此前，民国政府官员宋发祥[①] 为庞德的父亲霍默·卢米斯·庞德（Homer Loomis Pound）提供了一个在北京的工作职位。宋发祥时任中国财政部造币总厂总督察，曾前往美国铸币厂费城分厂参观访问，并在那里结识了副总验币师霍默·卢米斯·庞德。庞德得知消息后给父亲回信说："中国很有趣，非常有趣。"他建议父亲"要搞清楚是哪个中国政府给你的工作，然后就好好地去干吧"。[30]同月，宋发祥造访英国，在引见下结识了庞德。庞德继而写信告诉父亲："亲爱的父亲，我已经见过宋先生了。是个不错的伙计。他看起来对把你安顿在北京这件事很有把握，对我的事情也很乐观。我们一家也许又会团聚了。"[31]

很难判断庞德在搬到中国的这件事情上有几分认真。同年年底，庞德和多萝西·莎士比亚结婚，同时"一战"爆发，中国之行的计划就此搁浅。但这次会面的重点在于，宋发祥留给庞德一篇名为《中国贫困的缘由及疗方》（The Causes and Remedies of the Poverty of China）的文章，庞德将其安排在《自我主义者》（Egoist）[32] 上连载。

---

① 宋发祥（1882—1941）：福建莆田人，是我国最早留美学生中的佼佼者，回国后于北京大学任教，辛亥革命后加入中华民国政府。

《自我主义者》以"百无禁忌"（to recognize no taboos）为宣言，曾因刊登詹姆斯·乔伊斯的文章而引发争议。它的前身是女权主义哲学家多拉·马斯登（Dora Marsden）于 1913 年创办的《新自由女性》（The New Freewoman），到庞德担任文学编辑时，已更名为《自我主义者：一本个人主义刊物》，意在回应德国哲学家麦克斯·施蒂纳（Max Stirner）激进的无政府个人主义思想，编辑的关注点也已从之前的性别问题扩展到自由、个人主义以及艺术家在现代社会中的使命等方面。在庞德的影响下，这本杂志发展成了当时伦敦最新潮的文学刊物。《中国贫困的缘由及疗方》分三期连载，第一期于 1914 年 3 月 16 日面世。同期刊登的还有乔伊斯的连载小说《一个青年艺术家的肖像》，和庞德的一篇关于摄政街古皮尔画廊举办的旋涡派展览的评论。庞德在评论中对戈迪埃-布尔泽斯卡的雕塑赞赏有加，称其在精神上与中国周朝的青铜器有异曲同工之妙。周朝是个贤人辈出的时代，孔子、孟子、老子都生活在这一时期。[33]

宋发祥在文章中对比了"世界上最伟大的两个共和政体"，分别是最早建立的、最富裕的共和制国家美国和另一个半球上最年轻的、最贫穷的中国。尽管都是大国，但前者的财富和力量凸显了后者资源欠开发、国库空虚等问题。[34]"五四"抗议活动中爆发的不满情绪在这篇文章中得到了预先阐述，包括建立议会民主制、发展科技的需求，儒学对于人们思想的束缚以及帝国主义持续侵略所带来的严重后果："自从中国向国际贸易敞开大门以来，外国通过以工业产品交换原材料的方式，每年都能从中国攫取上千万……中日甲午战争以及义和团运动期间，数以万计的人丢了性命，中国缴纳的赔偿款高达数千万美金。"[35] 自第一次鸦片战争（1840—1842）起，中国在与外国交锋中接连败北，外国侵略者纷纷在华划分势力范围。中国人长期生活在屈辱和愤恨之中，然而接连发生的起义却没能给中国带来改变。1895 年，清军在甲午战争中失利，引发了严重的社会政治危机。从 1895 年到 1911 年辛亥革命爆发，全球秩序下的中国民族主义在这段波澜壮阔的历史变迁时期逐渐成形，19 世纪 90 年代中国印刷业和新闻业的繁荣在其中起到了至关重要的作用。一群知识精英开始重新思索中国的问题，其中就包括梁启超。梁启超对中国"新新闻学"的创建功不可没，他认为正确认识中国在当今世界的处境具有深刻的思想意义，而实现这一认识不仅要借由传播外来文化，也要寄希望于采纳外来文化的知识结构。

1912 年 2 月 12 日，辛亥革命落下帷幕，清政府正式被孙中山领导下的"中华民国"取代。表面而言，中国延续了几千年的封建君主专制制度走向终结，预示着一个新时代的到来，中国的政治权力将交由世俗化的知识精英和中下层阶级中的进步人士。然而事实上，此时的中国支离破碎，局势掌控在政治利益各异、拥有各自军队的军阀手中，北京的政局深陷权力斗争的泥淖。各派军阀被怂恿相信，如果加入欧洲战场就有望获得同盟国的资金支持，用以建立自己的军队。无论哪一派军阀，只要控制了北京就可以获得关税收入，成为国际外交认可的"中华民国"的合法政府，进而可以向外国借贷。庞德曾在1914年提醒父亲弄清是哪一个政府提供的职位，表明他对中国的时局有所了解。尽管如此，庞德对于中国的过往的推崇，却与中国立志革新的知识分子们的想法截然不同。

在《中国贫困的缘由及疗方》一文中，宋发祥将中国的问题主要归咎于"由来已久的原因，而这些原因的后果现在凸显了出来"。他指出，这些原因"历经几千年，导致了今日中国的积贫积弱"。宋发祥并不是单纯指责"挥霍国家钱财"的皇帝，还批判了儒学及教导人们"克己"的中国先贤。[36] 每期连载文章的前言位置，都有一篇语气强硬的免责声明：

> 以下手稿来自一位中国官员。原本我可以用不同的方式处理它。这位官员准许我改写，并删节我不同意的段落，但我觉得还是保留原文为好。如今，在许多西方人的精神生活中，中国业已取代希腊。因此看看西方思想是如何向东方渗透的，倒也不失为一件趣事。我们在这里看到的，是一位务实的、懂技术的中国人的札记。

借此时机，庞德宣扬了他的现代主义议题，即古代中国比雅典对西方人的精神生活更具价值。在总结宋发祥的分析时，庞德的语气颇有些傲慢："看看西方思想是如何向东方渗透的，倒也不失为一件趣事。"并未提及这种渗透是"务实的、技术性的"，不具备美学价值。事实上，宋发祥儒家思想的批判，离不开达尔文进化论的影响：[37]

> 进化论认为"物竞天择，适者生存"，经济要进步便离不开竞争……但是在中国，人们从一开始就被灌输了完全不同的教育。我们的道德要求我们避免竞争，保持中庸……先贤教导人应安贫乐道……几千年以来，这样的想法已经深深扎根于中国学者的思维方式中，后果就是有才智的人都一股脑的去做学问，鄙视农工业和商业。[38]

中国知识分子所面临的问题在于，如何在欧美和日本占据压倒性地位的大环境中重新构架达尔文学说下的世界秩序。老舍在伦敦创作小说时也遭遇了同样的困境——先是在以北京为背景的小说中有所体现，而后在小说《二马》中更加明显。尽管小说里的故事发生在英国，但是情节背后的问题根源却在于中国。

宋发祥秉持的达尔文思想在当时围绕中国社会政治的论述中盛行一时，与世界上的其他地区，比如波兰、爱尔兰、菲律宾、古巴、夏威夷、印度、埃及兴起的民族主义运动和反殖民主义运动遥相辉映。在这些地区，"全球发展不平衡与现代化、民族主义与革命、政治与社会变革之间的关系问题尤为突出，亟待解决"。[39] 宋发祥告诫说："野心勃勃的邻国都对我们虎视眈眈，如此紧要关头，没有时间坐以待毙。"[40]

的确，"时间"是理解现代性的关键因素。后达尔文主义世界被视为西方以及西化的日本的所有物。中国现代主义者的目标可以总结为"奋勇直追"。他们力图否定中国历史朝代，认为朝代的更迭意味着重复乏味、停滞不前。颇为讽刺的是，《自我主义者》作为当时最"现代"的杂志，在刊有宋发祥批判儒家体系最后一部分内容的那一期上，同时刊登了艾伦·厄普沃德仿照《论语》所写的《中国灯笼》（*Chinese Lanterns*）和《巫师》（*The Conjurer*），以及《发疯的生物学家》（*The Mad Biologist*）。[41]

庞德着迷于从厄普沃德那里了解到的东西。厄普沃德认为，中国艺术独特的形式与中国社会的贵族政治制度以及儒家典范直接相关。他对此解释说："中国是一个在至高无上的皇权的统治下，由智者管理，为百姓谋求利益和福祉的帝国。"[42] 虽然孔子的主张并不是厄普沃德所解读的西方人文主义或"人类崇拜"，孔子也从来没有提出过"民主或政治自由的思想"[43]，但厄普沃德在殖民地尼日利亚的任职经历，让他怪异的人类学理论在庞德眼中拥有相当大的可信度。中国艺术反映了阶级社会的秩序和约束，几个世纪以来，它的意义都在于向社会各阶层民众传播上层社会的价值观。正如劳伦斯·宾扬指出的那样，中国艺术中所展现出来的"凝聚力、团结、秩序与和谐并没有脱离世俗生活，不是摆在博物馆或展览厅里的稀奇之物"，相反，"它与底层人民的生活密切相关"。[44]宗教改革后，西方文学艺术独立于社会结构之外，与政治鲜有联系。艾略特、叶芝、庞德等现代主义作家为此感到不平。儒家社会中严格的等级制度在他们眼中具有很强的吸引力，尤其是艺术家的地位优越且可以世袭。

与中国改革派不同，庞德认为儒家思想是抵制西方现代资本主义大众化的可行之策。他写道："圣人有言，一个人的快乐在于思想的高贵，不会因为环境而动摇。"[45]正是这种强调艺术上的自我完善，不依赖外物环境和物质条件的思想，使庞德自愿站在现代主义的角度为孔子辩护。从温德姆·路易斯（Wyndham Lewis）有悖传统信仰的个人主义，以及庞德发表在《疾风》杂志第一期的旋涡派宣言中都可以窥见这一点。《自我主义者》曾用整页篇幅宣传新创办的《疾风》杂志，承诺它"绝非一叠因循守旧的纸浆。基督教的时代将要终结"。[46]在庞德的观念中，从事艺术意味着步履坚定、永不妥协。它要求个人突破不合理的社会约束，比如维多利亚时代的社会习俗、保守的基督教教义、议会民主制以及过时的诗歌惯例。

在中国，文学改革的核心是理解何为"全面发展的个人主义"及其与国家的关系。"五四"时期的作家将儒家思想视为折磨中国已久的"恶魔"。他们设法解决国民主体性和民族性的问题，探索两者之间"错位、紧张、竞争以及互相牵连的问题"。[47]中国文学现代化成为"国家性的课题"，对于国家建设的重要作用甚至超过了"国家财富、军事力量与科学技术"。[48]

"新潮流势不可当。是时候来一场文学革命了。"

（胡适，1917）

哈利特·门罗在试图概括"新意象派诗歌之精神"时，认为其中最重要的一点是当今诗人作为"自由思想者""向来自东方的风低下了头"[49]。埃兹拉·庞德对于中国即将激发诗歌复兴的预想，在门罗创建《诗刊》以来的不懈努力下得以实现。门罗主编的诗歌选集《新诗歌》（*The New Poetry*，1917）体量庞大，收录了来自101名作家的431首诗歌。她在前言部分没有从现代主义的角度谈及任何公民或国家的话题，而是将诗歌革命描述为"一场国际复兴运动"。[50]选集中也没有区分美国诗人和欧洲诗人，以便呈现一种国际平衡的样貌。而意象派本身的影响，也比门罗当时所意识到的更加国际化。同年，中国改革先锋杂志《新青年》

刊登了留学生胡适的文章。胡适自《诗刊》创刊就是忠实读者，以至于他后来的作品无论内容上还是修辞手法上，都直接受到了庞德意象派宣言的影响。[51]

1913 年 3 月，为了回应"作出解释的请求"，《诗刊》刊登了庞德的《意象主义者的几个"不"》，这篇文章实际上深受翟理思对于中国古典诗歌研究的影响。下面是其中的几点：

> 不要摆弄观点——把那留给写漂亮的哲学随笔的作家们。

> 不要描绘，记着一个画家能比你出色得多地描绘一幅风景。他对此必然也知道的更多。

> 不要让"影响"仅仅意味着你生吞活剥了某一两个你碰巧赞美的诗人的某些修饰性词汇。

胡适《文学改良刍议》的题目取得谦逊，其实与正文中给中国作家开出的处方并不相符，比如"不用典""不避俗字俗语""不摹仿古人；而惟作我自己的诗"。[52] 这篇文章中提出的八个主张也就是后来的"八不主义"，不仅成为新文化运动的引信，而且在五四运动后点燃了一场史无前例的文学巨变。

文言文是中国改革派面临的主要障碍，这种书面语言既不足以传播现代思想，也让大众读者难以理解。在封建统治时期，中国文学作品的语言复杂而古雅，传达着儒家圣贤的道德准则，文化的含义和朝代的延续也都呈现其中。尽管解决了一国之内多种语言的问题，但这种统一语言的高深程度使读者范围只能局限于学术精英。其他语言的写作被视为粗鄙的土话，无益于道德提升。官吏选拔制度严格承袭历史传统，以名家诗词和典籍为规范。小说和戏剧被认为是娱乐消遣，缺乏道德说教价值，因此没有文学地位。虽然早在胡适敦促文学改革之前，一些用白话写成的小说就已风靡一时，但小说这种体裁依然遭到普遍鄙视。

梁启超是最早提出"小说界革命"的人，他认为此举是在社会其他方面进行改革的前提。梁启超认可文学在民族身份认同中扮演的重要角色，认为政治小说对日本的明治维新功不可没。在《新小说》杂志的创刊号中，梁启超表示："欲新道德，必新小说；欲新宗教，必新小说；欲新政治，必新小说；欲新风俗，必新小说；欲新学艺，必新小说。何以故？小说有不可思议之力支配人道故。"[53]百日维新前后，梁启超积极参与创造了一种用于唤醒爱国热情的"新文体"。这种散文新体从简化的文言文和流行的白话文发展而来，可用于撰写政治评论、翻译西方科学和文学著作，也可用于白话文改良报刊的新闻报道。在《新小说》的指引下，白话文报刊如雨后春笋般迅速发展。报刊上会刊登荷兰、波兰和印度等弱小国家关于民族革命的文学作品，也会刊登在进化论启发下写成的政治和乌托邦小说，比如爱德华·鲍沃尔·立顿（Edward Bulwer Lytton）的《即临之族》（*The Coming Race*）和威廉·莫里斯（William Morris）的《乌有乡消息》（*News from Nowhere*）。由儒勒·凡尔纳（Jules Verne）和赫伯特·乔治·威尔斯开创的"科学小说"（scientific romance）反响尤为热烈，因为这种题材能够让作者天马行空地思索当前社会政治发展可能产生的结果，以及未来社会变革的种种可能。陈独秀（1879—1942）创立的《新青年》杂志也刊登了大量以白话文翻译的现代西方文学作品，创刊号开始连载了伊凡·屠格涅夫（Ivan Turgenev）的《春潮》（*Spring Floods*，1874），第二期开始连载了奥斯卡·王尔德（Oscar Wilde）的《意中人》（*An Ideal Husband*，1895）。[54] 1915 年 11 月，陈独秀发表了《现代欧洲文艺史谭》，这篇文章"有可能是新知识分子第一次展示出依照西方理论改革中国文学的意图"。[55]

在陈独秀看来，托尔斯泰（Tolstoy）、左拉（Zola）和易卜生（Ibsen）是当今文坛最伟大的人物，易卜生、屠格涅夫、王尔德以及梅特林克（Maeterlinck）则是最具代表性的现代主义作家。尽管《现代欧洲文艺史谭》在当时并没有引起太多关注，但一位远在美国的中国留学生专程寄信而来，表示支持文章中提到的文学应该反映生活的主张。这位中国留学生就是胡适，当时他刚刚翻译完尼古拉·德米特里耶维奇·捷列绍夫（Nikolei

Dimitrievitch Teleshov）的短篇故事《决斗》（*The Duel*）。正是在这封信中的观点，后来被胡适完善成为"八不主义"。[56]

在众多批判新文学的声音中，胡适的同学梅光迪、胡先骕和吴宓呼声最大。这三位都受到了哈佛大学教授欧文·白璧德（Irving Babbitt）新人文主义思想的影响。白璧德借鉴佛教和儒家哲学，将战后美国的弊病归结为西方物质主义和犹太基督教传统影响下的必然结果。这种影响始于卢梭等浪漫主义者，以及其后的易卜生、斯特林堡（Strindberg）、托尔斯泰和萧伯纳（Bernard Shaw）。[57] 1922年，梅光迪、胡先骕、吴宓等人创办了文化保守主义杂志《学衡》，旨在学习西方哲学传统中有益的部分，同时保留"中国传统文化之精华"，[58] 创刊号的封面选用了孔子和苏格拉底背对背的肖像。梅光迪在杂志上撰文批评了新文化运动中反对传统文化的行为，特别对白话诗进行了抨击："所谓白话诗者，纯拾自由诗及美国近年来形象主义之余唾。而自由诗与形象主义，亦堕落派之两支。"

1916年，梅光迪强烈谴责胡适搬弄无用且罪恶的"新潮流"（New Tide），认为它等同于"文学上的未来主义、意象主义和自由诗，以及美术上的象征主义、立体主义和印象主义"。[59] 胡适对此饶有兴致地回应称，世界上最罪恶的事情是那些把新潮流认为是世界上最罪恶的事情的人。[60] 在那之后，胡适在《新青年》杂志上发表了"八不主义"，陈独秀在接下来的一期发表了社论《文学革命论》，完全采纳了"八不主义"的观点：

> 孔教问题，方喧哓于国中，此伦理道德革命之先声也。
> 文学革命之气运，酝酿已非一日，其首举义旗之急先锋，则
> 为吾友胡适。余甘冒全国学究之敌，高张"文学革命军"大旗，
> 以为吾友之声援。旗上大书特书吾革命军三大主义：曰，推
> 倒雕琢的、阿谀的贵族文学，建设平易的、抒情的国民文学；
> 曰，推倒陈腐的、铺张的古典文学，建设新鲜的、立诚的写
> 实文学；曰，推倒迂晦的、艰涩的山林文学，建设明了的、
> 通俗的社会文学。[61]

英美现代主义诗歌从中国古典诗词中汲取了相当的精华，埃
兹拉·庞德在"大英博物馆时期"的作品就是最显著的例子。然
而文学评论界直到近期才开始重新解构现代主义，将中国纳入现
代主义国际版图之中，探寻中西方作家和艺术家在上述时期内的
文化和经济交流，以及这种交流为文学和艺术带来的影响。可以
明确的一点是，尽管国力悬殊，但中国在全球现代主义发展中所
扮演的角色是通过对话交流的方式构建起来的。西方现代主义诗
歌的国际性特点原本也意味着，当现代主义文学从西方传播到中
国时，"它的原点就已经变得模糊"。[62]

第三章

"雾重城如漆"

义和团运动后，现代化和民族主义在中国得到发展，越来越多的学生、教育工作者和年轻的专业人员到海外学习交流和吸收西方的思想理念。历史学家冯客（Frank Dikötter）[①] 提醒我们注意中国在民国初期的世界性本质，因为这一点时常被忽视。冯客认为，"尽管这一时期政治局势动荡，然而教育的机会却比以往更为多样。地方精英、商会和国外人士资助的政府组织、私人团体和宗教组织促进了新思想的传播。在相对包容的气候下，宗教思想得以表达，而文化在权力和知识未被垄断的情况下蓬勃发展"。[1]

20 世纪 20 年代也给伦敦带来了前所未有的多样性。西方作家和艺术家被中国宁静而古老的文化所吸引，尽管当时的中国正

---

① 冯客（Frank Dikötter, 1961— ）：荷兰学者，中国历史学专家。

处于社会巨变时期，民族主义正在中国兴起，国内局势动荡不安。与此同时，英国的帝国自信和社会稳定吸引了越来越多来自殖民地的移民，但当时的大英帝国正处于分崩离析的状态。信仰、肤色、社会背景和道德观念各异的先锋派人士聚集到一处，比如位于苏豪区爵禄街43号的"M"梅里克深夜俱乐部和街对面的"1917俱乐部"（俱乐部的名字是为了纪念俄国十月革命）。当然在《每日快报》（*Daily Express*）和《每日邮报》（*Daily Mail*）的广大读者看来，这些场所都是拒服兵役的懦夫以及潜在的布尔什维克信仰者的聚集地，必须对那里鱼龙混杂的集会保持高度警惕。虽然左倾的布鲁姆斯伯里派、印度教徒和帕西人都混迹在1917俱乐部，但印度作家穆尔克·拉吉·安纳德（Mulk Rai Anand）[①] 在其回忆录《布鲁姆斯伯里的对话》（*Conversations in Bloomsbury*）中特别提到了 E.M. 福斯特（E.M.Forster）和伦纳德·伍尔夫。因为当时的大多数人都持有根深蒂固的殖民主义观念，而这两个人却是明显的例外。[2] 美国舞星弗洛伦丝·米尔斯（Florence Mills）主演的黑人歌舞剧《黑鸟》（1926）在伦敦沙夫茨伯里大街的皇宫剧院上演，某种程度上引发了一股"黑皮肤热"，不过伦敦远郊的大多数俱乐部和舞厅仍设有不成文的规定：有色人种只能去专门的售酒柜台。[3]

[①] 穆尔克·拉吉·安纳德（Mulk Raj Anand, 1905—2004）：印度英语文学现实主义代表作家之一，著有《不可接触的贱民》等。

　　《二马》中所反映的文化和社会气候不再像过去那般保守，对外部世界也持以开放乐观的态度，后一点在很大程度上得益于宾扬、韦利和庞德的努力，以及大众逐渐意识到还有其他的审美传统存在，并且这些传统正在挑战英国国内看似理所当然的统治文化。尽管1910年的战争为伦敦的先锋派群体带来了冲击，然而艺术家和作家在20世纪20年代享受到了创作活动的自由，这十年也因此成就了20世纪的文学巅峰。从摆脱束缚的这一代人之中产生了一股崭新的、打破陈规旧习的思潮，抵抗住了保守派的等力攻击。

　　老舍抵达伦敦的那一年，恰逢大英帝国博览会在温布利开幕。大英帝国的版图从未如此庞大，在每个大陆上都拥有领土，一共占据了全球超过四分之一的面积。然而显而易见的是，随着反对帝国主义的政治和经济争论越来越多，一场危机正在酝酿之中。英国国内失业率上升，社会动荡不安，而殖民地的独立运动日益广泛。英国民众对大英帝国的兴趣和关注度都在下降，举办博览会的目的就是将其再度激发。步入香港展台，参观者可以在餐馆里伴着中国乐队的演奏，享用中国侍者端来的燕窝、鱼翅以及其他中国佳肴。[4] 走到"街"上，手里的小册子会提醒参观者：您已置身中国。明亮的招牌令人眼花缭乱，上面用汉字写着店家的名字和待售的商品。无论是商店的老板，还是那些留着辫子的人，全都笑意盈盈，安抚着每位参观者的紧张情绪。参观者在这里不仅可以周游世界，还可以回到过去，因为早在 1912 年，一纸革命性的法令已经废除了蓄辫的习俗，但这里却还能看到留辫子的人。这次展览被宣传为一场"家庭聚会"，目的是"促进贸易，加强帝国与其领地的纽带，增进多方之间的密切往来，使所有效忠于大英帝国旗帜的成员国达成共同立场，加深相互了解"。[5]

在伦敦的中国人无疑都会发现，"了解"英国人是有难度的。蒋彝（1903—1977）在《伦敦画记》（*The Silent Traveller in London*，1938）一书中写道："我们离群索居，过着无趣的生活；一些人拒绝融入当地的圈子，因为会被问到许多难以回答的问题，而这些问题全都来自讲述中国人生活的畅销书和电影。"[6]萧乾也曾提到："很难找到一家愿意给东方人理发的理发店，租到房子是几乎不可能的。"[7]然而在两次世界大战间隙去往英国的所有中国人当中，老舍是唯一一个敢于直面英国社会中盛行的恐华情绪的人。

《二马》一书主要面向华人读者，揭示了英国媒体报道对伦敦华人生活造成的恶性影响。在当时，伦敦的华人社区很小，伦敦东部莱姆豪斯的店主、小餐馆老板以及船员构成了社区的主体，他们的社会和经商生活为读者展现了一幅罕见的，甚至可以说是独一无二的画面。

义和团运动爆发的前几年，英国试图加强对中国的侵略扩张。英国士兵、传教士和企业家从莱姆豪斯河段起航前去巩固扩大在华利益,码头边的街道随之发展成为一个规模不大的唐人街。公寓、食品店、餐馆、办事处和洗衣房接连开张，满足了契约劳工和船员的日常需求。在中国的通商口岸，只需要英国劳工一半的价格就可以签下一个中国劳工。在整个 20 世纪初期，出于政治顾虑，英国人对廉价的中国劳工充满恐惧，而通俗小说作家则开始发掘伦敦唐人街的戏剧潜力。随着战争的爆发，伦敦出现了许多外国人聚集区，对英国国民想要保持民族和社会同质性的愿望造成了威胁。毒品、赌博和卖淫活动肆虐的莱姆豪斯，反倒成为作家无法抗拒的创作源泉。在萨克斯·儒默（Sax Rohmer）[1] 对于伦敦东区的描述中，肮脏和堕落在这个充满异域情调的底层社会里如影随形，简直是被社会所排斥的人的大熔炉：

> 波兰人、俄国人、塞尔维亚人、罗马尼亚人、匈牙利的犹太人还有意大利人……混杂在人群中。来自近东和远东地区的人摩肩接踵。洋泾浜英语和依地语[2]此起彼伏……有时，人头攒动的窗前会出现一张黄色的脸庞，有时是一张长着黑眼睛的、苍白的脸庞，但从来不会是一张神志正常又面色红润的脸庞。[8]

①　萨克斯·儒默（Sax Rohmer, 1883—1959）：原名阿瑟·沃德（Arthur Ward），英国作家，以创造出傅满洲博士的虚构形象而闻名。
②　犹太人的语言，起源于欧洲中部和东部，以德语为基础，借用希伯来语和若干现代语言的词语。

1916 年，伦敦记者托马斯·柏克出版了《莱姆豪斯的夜晚：唐人街的故事》（*Limehouse Nights: Tales of China Town*）。该书一经推出便招致骂名。由达尔文主义在英国引发的关于种族退化的恐慌，开始聚焦在内部敌人——中国人身上。柏克不惜以描写禁忌之爱吸引读者眼球，最令人生厌的是，他会在书中暗指莱姆豪斯地区的黄种男人与白人姑娘同居。[9]为了维持名气，柏克和儒默一样，后续一直都在创作莱姆豪斯的中国人的故事，作品中同时流露着亲华和恐华的矛盾情绪。也正因为这两位作家，伦敦的华人聚集区变成了"唐人街"——不仅仅是地图上的一个地方，也是一个具有高度象征性的空间。

在旅居伦敦后期，老舍开始动笔创作《二马》，这部作品在很大程度上取材于他在伦敦大学东方学院的任职经历。老舍将辛辣的文笔贯穿于整部作品之中，主人公刚到英国，英国海关官员的表情便"把帝国主义十足的露出来"。马家父子的行李箱里只有几筒茶叶和马先生的几件绸子衣裳，"幸而他们既没带着鸦片，又没带着军火"。老舍以讽刺的口吻评价了这场"中英两国"间的简短的交流，为整部小说定下了基调。[10]

马家父子从北京来到伦敦，经营从马老先生的哥哥那里继承下来的古玩铺。从社会地理学的角度来看，古玩铺位于布鲁姆斯伯里和莱姆豪斯之间，选址非常巧妙，刚好弥合了伦敦两个阶层的中国人之间的鸿沟。店铺就在圣保罗大教堂后面一个安静的小斜胡同里，像极了"黄祸"（Yellow Peril）小说里向年轻人兜售毒品的地方。不过真实的情况却平淡无奇，尽管年轻的店员李子荣尽了最大努力，古玩铺依旧经营惨淡。李子荣是老舍笔下理想化的爱国青年，代表着现代中国的希望。为了支撑自己的学业，李子荣除了在铺子里工作，还为伦敦东区的中国工人翻译法律文件，因为"巡警是动不动就察验他们"。[11] 除此以外，他还会为一些与中国有贸易往来的英国公司撰写广告。他在《亚洲杂志》（Asia Magazine）上发表的一篇关于当代中国劳工状况的文章还获了奖。李子荣倾尽全力帮助马家父子处理进口业务，与西门爵士①这样的大客户做交易，有时还会提出一些新点子，比如在圣诞节期间售卖一些中国的小玩意儿，以此提高销售额。

老马（马则仁）是旧中国的代表，身上自然沾染着旧中国的那些陈规陋习。他的名声不好，整日游手好闲，虽然刚满五十岁，却做出一副颓唐的样子，成天吃了睡，睡了吃。他在一所美以美会的学校念过一些英文，但并不足以以之谋一份工作。尽管偶尔也会去北京的琉璃厂一带转转，但他在骨子里是看不起买卖人的。老马的哥哥"托他在北京给搜寻点货物"，他"好歹的给哥哥买几个古瓶小茶碗什么的"。[12] 要不是哥哥去世了，老马大概会靠

---

① 原文为约翰爵士，可能为作者笔误。——编者注

着哥哥寄回中国的钱，一直过着闲散的日子，徒劳地幻想着某日能谋个一官半职。他对国家大事一无所知，对新思想也无心接受。老婆还活着的时候，老马就把她的婚戒偷去押了宝，还把剩下的钱花到了妓院里。老婆死了以后，他把儿子马威送去伊牧师的教会学校，因为那里可以住宿，"省去许多麻烦"。[13] 后来老马受洗归入了基督教，一共有一个多礼拜没有打牌，也没有喝酒。

老舍将老马刻画为老一辈中国人的代表，这些人固守着北京旗人的传统思维，又将马威和李子荣塑造成中国新青年的代表，以此呈现出当今中国社会面临的困境。爱国主题深植于马氏父子的关系之中。通过讲述父子俩在伦敦的故事，以及中国人和英国人闹剧式的社交场景，老舍对比了中英两国的民族特点，从而反驳了西方国家对于中国的冒犯性解读。[14] 书中的语言成功地做到了让读者在动容的同时又能够笑出声来。

可以将《二马》与同时期其他以伦敦为背景的小说作比较，比如奥尔德斯·赫胥黎（Aldous Huxley）的《滑稽的环舞》（Antic Hay，1923）和伍尔夫的《达洛维夫人》（Mrs Dalloway，1925）。老舍描写北京的功力声名远播，描写伦敦社会百态时同样细致入微。圣诞节庆祝活动、20 世纪 20 年代的时尚潮流、咖啡馆和酒吧、体育运动和约会——这些伦敦人日常追寻的事情很快变成了马氏父子生活的一部分。在这一时期的英国小说中，常会有一个心胸狭窄的女房东，《二马》也不例外，老舍以描写老马的缺点和虚荣造作的方式解构了这位女房东的形象。

　　在写于两次世界大战间隙的英国小说里，女房东的形象通常有两类：一类是努力靠着拮据的收入维持自己外表的老姑娘，一类是努力在保留之前习惯的基础上维持生计的寡妇。老舍初到伦敦时租住在伦敦北郊巴尼特区卡那封路 18 号，当时的房东帕罗特姐妹就属于前者，而马氏父子在布鲁姆斯伯里的女房东温都太太则属于后者。正如老舍小说中的伊牧师一样，艾温士费了很大劲才说服帕洛罗姐妹接受来自中国的房客。卡那封路 18 号是寄宿制公寓，空间狭小，楼下有一间小客厅、一间餐厅、一间厨房，楼上有三间卧室和一个洗手间。艾温士和岳父瑞思义住在林荫大道 10 号，离老舍住处有两条街道的距离，那边的住宅彼此独立，比卡那封路稍显幽静。在瑞思义担任执事的巴尼特公理会教堂和中国在传教事务上有直接往来，离两处住所都是步行距离。[15] 与充满活力的温都太太不同，帕洛特姐妹中的姐姐 "'身''心'都有点残废"；而妹妹的头发过早地白了，除了照顾姐姐以外，还要管理家务。[16] 她们包老舍的早晚两餐，管洗衣服和收拾屋子。帕洛特姐妹的处境是那一代女性中许多人的典型写照，世界大战引发的大规模杀戮，使很多女性注定单身。她们对战争中活下来的男性（无论身体健全与否）的争抢非常激烈。

　　从威廉·哈兹里特（William Hazlitt）的《丽贝·阿莫立斯》（*Amoris*，1823）到弗拉基米尔·纳博科夫（Vladimir Nabokov）的《洛丽塔》（*Lolita*，1955），文学作品中房东女儿的形象都被赋予了浪漫多情的特质。《二马》中的房东女儿是一位性格活泼的时髦女郎，名叫玛力·温都。这一形象的塑造灵感一部分源于帕洛特姑娘，另一部分源于达尔明小姐。达尔明小姐是老舍在伦敦南部斯特里塞姆高地蒙特利尔路 31 号居住期间的房东女儿，那是老舍在伦敦的第四处住所，也是最后一处。达尔曼小姐生活苦闷，可能患有神经性头痛，最好的年岁正离她远去。她在当地的报纸登了一则教授舞蹈的广告，"芳心暗想，借传授舞艺的机会，既可以择偶选婿，又能找点零花钱"。[17] 当时的伦敦年轻人痴迷于美国的拉格泰姆舞曲，比如慢拖、火鸡舞和兔子舞。1929 年，大受欢迎的乐队领队比利·科顿（Billy Cotton）就在斯特里塞姆开了一家格调高雅、装饰风格颇具艺术气息的舞厅，名为"洛卡尔诺"。然而事与愿违，达尔曼小姐没有招到学生，于是将目标转向了老舍，表示愿以半价传授舞艺，以示优待，不过老舍并没有接受她的好意。[18] 想来即便老舍学会了新舞步也无处施展，因为洛卡尔诺舞厅同样存在种族歧视。20 世纪 20 年代，伦敦种族歧视之风盛行，美国黑人诗人克劳德·麦凯（Claude McKay）曾这样描绘："雾一般令人窒息，不仅把你包裹其中，且如一场窒息的噩梦般，钻进你的喉咙。"[19] 随着就业市场的萎靡和经济危机的逼近，对于从大英帝国殖民地赶来支援战争的人的欢迎态度已经不复存在。莱姆豪斯和英国其他地区都发生了种族暴乱，为了遣返和限制有色人种入境，1920 年和 1925 年的《外侨法案》（*Aliens Act*）中增设了更加严格的限制条款。[20] 1929 年，14 位来自西印度群岛的学生就伦敦热带医学院研究生 A.M. 沙阿医生从洛卡尔诺舞厅被驱逐一事，写信给殖民大臣帕斯菲尔德勋爵（Lord Passfield）。信中写道："近月以来，我们被迫感受到一种势头在伦敦某些地区愈演愈烈——我们被当作不受待见的异邦人；在公共娱乐场所、餐馆、宾馆和公寓，歧视有色人种学生的现象日益严重，我们对此表示强烈抗议。"[21]

帕斯菲尔德勋爵就是前费边主义理论家、社会改革家西德尼·韦伯（Sidney Webb，1859—1947）。他曾与妻子比阿特丽斯·韦伯（Beatrice Webb，1853—1953）在 1911 年清政府垮台之后前往中国，目睹了那里肮脏的环境、分崩离析的社会以及"一种野蛮的文明"。[22] 比阿特丽斯·韦伯十分困惑，因为他们的体验和狄更生所描述的大相径庭。狄更生笔下的中国美丽迷人，但韦伯夫妇却鲜有如此感受。在比阿特丽斯·韦伯眼里，"中国人似乎是粗俗愚蠢的代名词"。[23] 而令西德尼·韦伯不解的是，这里对于同性恋情的态度与他在布鲁姆斯伯里见到的情况相仿，甚至在他看来比一段健康的、正常的男女关系更受欢迎。他写道：

"正是这种身体和道德的腐烂，使人对中国感到绝望。毒品和不正常的性嗜好摧毁了中国人的体格。从本质上来讲，中国人是肮脏的种族。"[24]英国殖民部在那些年中接连收到海外留学生的控告，官方不得不做出回应：虽深表同情，但无能为力。结合韦伯夫妇基于种族主义的道德和思想的批判来看，这些不满也就不足为奇了。当时非官方的观点认为："作为补救措施，可以让他们在自己的国家接受教育，如此一来，便可打消他们来英国的念头。"[25]

种族问题之所以在战前的英国引发了广泛关注，离不开媒体的推波助澜。媒体热衷于报道年轻女人与有问题的"中国佬"的故事，并在其中反复提及性和毒品。战争期间以及战后，英国民众对此的反应更加激烈，而中国人一直充当着这种焦虑的核心。针对郁郁寡欢的白人姑娘迷恋上黄种男人的现象，人们呼吁内政部门采取一些措施。"白人女孩这种自降身价的行为，一定会对东方甚至世界上每一处白人和有色人种混居的地方产生影响。"[26]在老舍的个人经历中，确有"房东太太的女儿往往成为留学生的夫人"的情况，但他也尖锐地指出，"里面的意义并不只是留学生的荒唐"。最意味深长的是，老舍认为这些"是留什么外史一类小说的好材料"。[27]

好友许地山的陪伴缓解了老舍初到伦敦时的孤独感和思乡之情。许地山当时在牛津大学攻读比较宗教学以及梵文硕士学位，和老舍一起租住在帕罗特姐妹家里，他们或是房东姐妹俩想必合住一间卧室。[28] 老舍吃不惯英国的餐食，但伦敦的中餐馆大多都在迎合英国人的口味，只供应炒面、菠萝鸡、鱼翅、玉黍螺炒饭和蟹饼之类的菜品。[29] 许地山向老舍推荐了几家莱姆豪斯考斯韦的中餐馆，在那些地方可以吃到炸酱面和蛋炒饭。[30] 我们可以通过《二马》中的中餐馆状元楼了解到，经常光顾伦敦中餐馆的人群和那些出入 1917 俱乐部的放荡不羁的艺术家是一批人。老舍还借此对国际关系和英国人对中国的态度进行了一番讥讽：

> 地方宽绰，饭食又贱，早晚真有群贤毕集的样儿。不但是暹罗人，日本人，印度人，到那里解馋去，就是英国人，穷美术家，系着红领带的社会党员，争奇好胜的胖老太太，也常常到那里喝杯龙井茶，吃碗鸡蛋炒饭。[31]

尽管教学任务繁重，不过周六下午是不用上课的，老舍每周有半天休息，外加五周的年假。每到这时，老舍会去设施完善的校图书馆读书和写作，学生休假后，那里便会很清净。老舍对学校师资的学术水平之低劣感到震惊，他曾表示，"设若英国人愿意，他们很可以用较低的薪水去到德法等国聘请较好的教授。可是他们不肯。他们的教授必须是英国人，不管学问怎样。就我所知道的，这个学院里的中国语文学系的教授，还没有一位真正有点学问的"。[32]

　　在苏豪区附近可以吃到日本菜或者印度菜，但如果要找寻

图 3 《在何处能像中国人一样用筷子吃饭？》（*Where to eat dinner with chopsticks àla Chinoise*），《伦敦新闻》（*London News*）1920 年 2 月 10 号第 36 版插图。（© Illustrated London News Ltd/Mary Evans.）

正宗的中国菜，就必须要去伦敦东区莱姆豪斯一带和西印度码头路，那里是伦敦唐人街的所在地。这幅图是一家典型的中餐馆。店面很整洁，顾客多是与中国有贸易往来的商船上的船员和烧火工。衣着稍讲究的是船上的乘务员，画面深处的雅间里明显是职员、学生等地位较高的人。餐馆里的菜单和告示是用汉字写的，天花板上垂挂着两大盏中国灯笼，还有成串的假花。左边墙上有一台投币机，这玩意儿能给店主带来不少收益。

作为宗主国的国民，英国人在社会和文化的影响下认为，尽管中国依然是一个独立的国家，但中国人应该臣服于英国。就东方学院而言，学校的主要任务是为中国通商口岸的工作岗位培养新人，这些人只要掌握基本的汉语会说话就足够了。夜校里都是前来进修的银行和争取职员，经常出现讲师不能胜任的情况。人们从不指责自由散漫的学生，却开始质疑学校的任用程序。学校也认为自己在教师任用方面做得不尽如人意，"在以往选拔汉语讲师的过程中充满遗憾"。[33] "机缘巧合下，老舍来到了伦敦。"[34]

　　1924 年的冬天，老舍住在帕罗特姐妹的寓所里，见识了伦敦三十四年来最大的一场雾。大雾让整座城市陷入了瘫痪。当时的人们总是把伦敦与"豌豆汤"[①]或"伦敦细节"[②]联系在一起。老舍可能读过清朝著名诗人、维新志士黄遵宪（1848—1905）的诗作《重雾》。那是 1890 年，伦敦遭遇了一场有史以来最严重的烟雾。黄时任中国使领馆任驻英二等参赞的黄遵宪写下了如下诗句："百忧增况瘁，独坐屡书空。雾重城如漆，寒深火不红。昂头看黄鹄，高举挟天风。"[35] 黄遵宪思乡之情日切，而同月访英的哈利特·门罗也迫不及待地想要离开伦敦，她写道："借着昏黄的烛灯，生活在这个煤烟笼罩、毫无生气的城市，我想都不

---

① "豌豆汤"（pea-soupers）：指黄色浓雾，因其颜色像豌豆汤而得名，是伦敦人对这种浓雾的别称。——译者注
② "伦敦细节"（London Particulars）：出自狄更斯的小说《荒凉山庄》，指"街道上弥漫着浓雾，几乎什么都看不见"的场景。——译者注

图 4　雾重城如漆。1924 年 12 月大雾笼罩下的皮卡迪利广场，拍摄于中午。出自 1924 年 12 月 20 日《伦敦新闻》。(©Illustrated London News Ltd/Mary Evans)

能想。一连三个星期，我在寒冷的屋子里瑟瑟发抖，一次也没瞧见过太阳。"[36] 1956 年《清洁空气法案》颁布之前，每一场大雾都让伦敦城重陷维多利亚时代的黑暗。1924 年 12 月 9 日中午，一场湿冷的黄雾如同毯子一样遮盖了伦敦城，如同徒然落下的剧院幕布一样突然。

大雾几乎持续了一个星期，街灯、广告灯牌、车前灯都在雾中发出无谓的光线。前行的人们像昆虫一样，把手当作自己的触须。老舍上下班需要乘坐一段沉闷乏味的伦敦地铁北线，从高巴尼特站到离学校最近的沼泽门站。他买不起冬款的粗花呢大衣，"只有长年不替地穿着一套哔叽青色西装，太冷的时候，加一件毛衣

也就对付过去了"。³⁷

　　到了春天，老舍的境况发生了好转。他有幸结识了学者、教育家、人类学家克莱门特·艾支顿（Clement Egerton）。艾支顿是位颇具传奇色彩的人物，他性情古怪快活，博学多才，与庞德的好友艾伦·厄普沃德如出一辙。据胡金铨在《老舍和他的作品》中的描述，艾支顿的父亲是位英国乡村牧师，但"自己却不信教"。³⁸ 不过这大概是他和老舍结识时的情况，事实上，艾支顿曾于 1911 年在旧天主教堂领圣职，获得诺里奇主教的头衔。在那之后不久，艾支顿又明显与不履行宗教职能的罗马教廷达成和解。³⁹ 之后他加入军队，在第一次世界大战中一跃晋升为陆军中校。1923 年，艾支顿为了一个名叫凯瑟琳·霍奇（Katherine Hodge）的美国女孩抛弃了妻子和四个孩子。凯瑟琳毕业于哈佛大学，当时供职于位于卡文迪什广场的美国领事馆，而艾支顿是领事馆的编辑。⁴⁰ 离婚的丑闻使艾支顿丢了工作。艾支顿和老舍在东方学院图书馆相识，两人非常投缘，商量后决定合租下位于圣詹姆斯花园 31 号的一处公寓。这栋规模很大且雅致的联排建筑建于维多利亚中期，位于伦敦西区绿树成荫的霍兰公园。战争之后，很大程度上由于缺乏仆人打理，伦敦大量灰泥墙面的房子都不再适合单户家庭居住了，因此许多房屋被隔成了多间公寓。老舍出房租，艾支顿供给饭食。⁴¹ 他们就这样愉快地度过了三年，直到租约到期后，老舍搬到了位于布鲁姆斯伯里的一家公寓。

据胡金铨描述："艾支顿虽穷，可还挺会花钱：他爱买书，爱好吸烟，有时候还喝两盅儿。老舍的性格和他差不多，两个人一见如故，成了莫逆之交。"[42] 艾支顿是位颇有造诣的语言学家，同时也是一位拉丁语学者。他于1909年出版了用于教授儿童格列高利素歌的《宗教音乐指南》（*A Handbook of Church Music*），又在1914年出版了颇有远见的《教育的改革》（*The Future of Education*），探讨了儿童福利和教育改革，引发广泛评论。20世纪30年代，艾支顿将自己在葡属西非以及法属喀麦隆的旅行经历出版成册。同时，他还在1939年翻译出版了中国明代巨著《金瓶梅》。[43]

合租的三年中，艾支顿和老舍在翻译上通力合作，这种关系于双方都大有裨益。艾支顿在译作的首页写下了"献给我的朋友——舒庆春"，还在译者注中补充说道："我在此特别致谢舒庆春先生。舒先生是东方学院的讲师，如果不是他不遗余力地协助我完成这部书的初稿，我当初根本没有勇气接受这件翻译工作。"[44] 然而老舍却从来没有承认过自己在艾支顿译作中所起的作用，可能因为《金瓶梅》在当时的中国被视为不可救药的淫秽作品。[45] 无论如何，艾支顿在与这位有学问的中国人的合作中得到了显而易见的好处，而老舍对这部经典作品的关注，同样对他作家生涯的发展产生了适时的影响。

　　《金瓶梅》成书于16世纪下半叶，全书用白话写成，于1618年首次出版。如今这部作品不仅在中国文学的范畴，而且在世界文学的背景下都被公认为是叙述体小说的奠基之作，其复杂性和重要性可以比肩《源氏物语》（约1010）和《堂吉诃德》（1605—1615）。《金瓶梅》因露骨的性描写而备受争议与误解，因此在面世以来的大部分时间里都被列为禁书。这本书曾一度与《三国演义》《水浒传》和《西游记》并称为"中国四大奇书"，不过在18世纪《红楼梦》问世之后就被挤出了这一行列。以上作品都对中国白话虚构类文学或者小说的发展和最终地位的确立具有非凡的意义。从字面上看，"小说"的意思是"闲聊"或"坊间碎语"。20世纪初，梁启超倡导"小说界革命"，引发了学界对这一体裁的重新评价。在此之后，小说才在中国赢得与西方概念中的虚构类文学同等的地位。

　　尽管《金瓶梅》在中国叙事文学史上的重要性早在清朝就得到了肯定，然而直到近年来，人们才开始把这本书未知的作者的精湛写法与《荒凉山庄》的作者狄更斯、《尤利西斯》的作者乔伊斯以及《洛丽塔》的作者纳博科夫相提并论。他以史诗般的叙述风格，对中国的历史、政治以及文化知识旁征博引，融合了多种文学形式，娴熟运用诗词歌赋以及戏剧选段。这部作品的出现，标志着明代讲故事的手法转变成为一种集想象、象征、讽喻、主

题和模式于一体的精致的文学艺术。书中浓墨重彩、栩栩如生地
描写了中国明代生活中的大量细节，比如建筑和室内装饰、节日
和时尚、性倾向以及日常生活的特点，并且始终对当时的道德观
和价值观及物质事物的短暂无常保持批判态度。此外，《金瓶梅》
着重讽刺了权力的专制和腐败，它的影响在老舍在伦敦期间创作
的小说中可见一斑。

在和艾支顿合作翻译《金瓶梅》的同时，老舍如饥似渴地阅
读康拉德、劳伦斯、乔伊斯、赫胥黎以及伍尔夫的新作，这些阅
读经历使老舍对中国现代小说的未来充满信心。顾明栋在《中国
小说理论》（*Chinese Theories of Fiction*）一书中强调，尽管在西
方的评论术语中，中国经典白话小说经常被诋毁为"昙花一现"，
但就事实而言，中国经典白话小说的形式结构会预设一个形象化
的空间范畴，运用大量诗歌意象构建一幅全景画面，并且包含密
集的潜在的关联和隐喻，这些都和现代主义写作有关。[46]《金瓶梅》
及后来的《红楼梦》的作者都和 20 世纪 20 年代的西方作家一样，
把注意力放在了语言形式和技巧上。我们在此将对乔伊斯的《尤
利西斯》试作探讨。

1922 年，徐志摩（1897—1931）在剑桥求学，师从狄更生。
同年，《尤利西斯》出版。徐志摩在寄回国内的信中激动地提到
乔伊斯的作品。他还在《康桥西野暮色》一诗的前言中写道：

还有一位爱尔兰人叫做 James Joyce（乔伊斯），他在国际文学界的名气恐怕和蓝宁 [①] 在国际政治界差不多，一样受人崇拜、遭人攻击……他又做了一部书叫 Ulysses（《尤利西斯》），英国美国谁都不肯不敢替他印，后来他自己在巴黎印行。……他书后最后一百页（全书共七百几十页），那真是纯粹的"prose"（散文），像牛酪一样润滑，像教堂石坛一样光澄……一大股清丽浩瀚的文章排奡而前，像一大匹白罗披泻，一大卷瀑布倒挂，丝毫不露痕迹，真大手笔！[47]

"他对英国的观察是多么自由洒脱啊！"帕特丽夏·劳伦斯（Patricia Laurence）在关于布鲁姆斯伯里、现代主义及中国的研究中这样写道，对摒弃那些乏味的标点、大写字母和段落表示赞同。[48] 徐志摩诗歌偏向浪漫主义，被称为"中国的雪莱"。在他的认识中，西方世界为知识分子们提供了空间，小说不仅被推崇为一种体裁，同时也正在经历类似于中国文学革命那样具有挑战性的论辩。[49]

1926 年，许地山鼓励老舍把已经完稿的《老张的哲学》（1926）寄给上海先锋杂志《小说月报》的编辑郑振铎（1898—1958）。仅仅几个月之后，小说便开始在杂志上连载。受此鼓舞，老舍开始动笔创作第二本关于北京的小说——《赵子曰》，这部作品于次年发表。

[①] 蓝宁：即列宁（Lenin）。无产阶级革命家、政治家、理论家、思想家。曾任苏联人民委员会主席、工农国防委员会主席等重要职务。

与此同时，老舍在东方学院的工作也干得非常出色，学院秘书曾对老舍的工作表示十分满意。1926 年 10 月，老舍依据合同条款要求加薪，薪水从每年 250 镑涨到了 300 镑。[50] 1926 年秋，他有幸应学院院长丹尼森·罗斯爵士（Sir Denison Ross，1871—1940）邀请，就"东方和非洲诗歌"主题发表了一系列的公开演讲。[51] 与艾支顿的合作激发了老舍的热情，他决定从道德和伦理的维度探讨唐代爱情故事，正是这一体裁为《金瓶梅》以及元明史诗戏剧的发展铺平了道路。[52] 伴随着唐朝人对于性的兴趣的激增，文学作品也在不断洞察人类心理的复杂性。这些作品中经常出现年轻男子与风尘女子（有时被刻画为鬼神或者狐狸精）之间的爱与激情，实则是在探索集体和个人隐藏的欲望与恐惧。[53] 老舍的演讲，概述了唐代故事或者传奇小说是如何成为文学叙事中的人物刻画向现代化演进过程中的里程碑的。

如今，老舍能够近距离了解到伦敦社会对中国古代的推崇。他关于唐代小说的公开演讲大获成功，中国协会在 1927 年 1 月邀请老舍前去朗读《水浒传》英译本的一个章节，并用中文进行演唱。这次活动在威斯敏斯特的卡克斯顿大厅举办，由罗斯夫人主持，被宣传为"一次愉快的座谈会"。出席活动的有伦敦经济学院、牛津大学和剑桥大学的中国留学生，以及一些英国的达官显要。《新闻晚报》（Evening News）的记者评论说，房间里坐着十几位优雅端庄的中国姑娘，英国人和中国人愉快的社交场面与上海目前的混乱局面形成了对比。彼时的上海正在爆发骚乱，且在年初愈演愈烈，最终以屠杀左派人士收场。[54]

1928 年 5 月，老舍出席了中国协会在皮卡迪利广场富丽堂皇的特罗卡德罗餐厅举办的二十一周年晚宴。老舍可能通过中国协会结识了弗洛伦丝·艾斯库（Florence Ayscough，1878—1942），并在 1926 年夏天为其提供私人辅导。[55]艾斯库是中国文化爱好者中的名人，她和庞德的意象派对手艾米·洛威尔（Amy Lowell，1874—1925）合译的中国诗集《松花笺》于 1921 年出版。1929 年3 月，埃斯库在中国协会做了题为"中国古代故事"的演讲，并辅有幻灯片；演讲结束后，老舍朗读了屈原的《离骚》，这是一首抒发爱国之情和离别之苦的抒情长诗。出席协会活动的女性还有布拉姆·斯托克夫人（Mrs Bram Stoker）和比安卡·洛克·兰普森夫人（Mrs Bianca Locker Lampson），摄影师塞西尔·比顿（Cecil Beaton）为后者拍摄了一张身穿中式服装、头戴东方头饰的照片，刊登在当年七月的《时尚》（Vogue）杂志上。[56]老舍在《二马》中明确表明，与中产阶级相比，他发现伦敦的精英阶层更有度量，社会底层更有涵养。马威受邀在西门太太的晚宴上表演元杂剧选段，西门太太了穿一件大不列颠及爱尔兰中国学生总会从马家店里买的中国绣花裙子，晚宴供应法餐，而马威和李子荣是座上宾。

至此，老舍融入当地社会确有一段时间了。1926 年 10 月 10 日，老舍出席了大不列颠及爱尔兰中国学生总会举办的辛亥革命周年纪念晚宴。当晚的宾客有赫伯特·乔治·威尔斯，主讲人是胡适。接下来的几个星期，胡适还将在中国协会和东方学院进行演讲。在同一时期的中国，尽管具有改革思想的学者在胡适的影响下提高了传统白话文学的地位，但作家依然被敦促研究 19 世纪欧洲现实主义文学，并把其当作最适合重塑民族性格的文学模式。文学改革者认为，现实主义和科学自然主义应作为文学成就的巅峰被加以模仿。"五四"之后，中国本土的白话文代表作品常被贬为是围绕风格与合理性的争论，而各式小说创作实践的革命性功能，最终沦为各流派之间甚嚣尘上的竞争。

老舍试图在《二马》中探讨帝国主义对中国的关注，却发现自己无法摆脱中国新小说作家效仿的现实主义叙事文学的影响，他在作品中有意识地流露出了这种挣扎。受到同时期的新闻报道及讽刺评论的影响，模仿现实主义的尝试变得复杂化。哈佛大学教授王德威在分析老舍作品时指出，小说中充斥着过多闹剧的情感和笑剧的荒诞，这种近似反讽式的现实主义暴露了写作模式本身的局限性，老舍在作品中加入了"过多的眼泪和欢笑，给本应保持客观和公正的现实主义以自反性维度"。[57]《二马》中的某些场景指向了当时社会的不公，正是这些不公导致了世界局势的混乱。正如读者所看到的，老舍直接闯入到小说情景中，向国人大声疾呼："中国人！你们该睁开眼看一看了，到了该睁眼的时候了！你们该挺挺腰板了，到了挺腰板的时候了！——除非你们愿永远当狗！"[58]

　　作者随心所欲地介入到作品中是传统中国小说的一个显著特点，消除了现实世界和虚构世界之间的假想界限。[59]按照西方现实主义的标准，这种作者介入或者叙述性中断的写法有其缺点或局限性，不过詹姆斯·布扎德（James Buzard）在《令人迷惑的小说》（*Disorienting Fiction*）一书中指出，这种模式在19世纪现实主义与现代主义叙述模式中间开辟了一条新路，是宗主国"自传式民族志"的一部分。布扎德以这一术语，描述了殖民地国民对宗主国为其塑造的形象进行的回应或对话。从带有主观色彩的自传式民族志《一个青年艺术家的肖像》，到宗主国民族志《尤利西斯》，乔伊斯打破了西方文化的神话，嘲讽了现实世界及其所代表的事物。20世纪20年代，穆尔克·拉吉·安纳德还是布鲁姆斯伯里派的一名留学生，在他的回忆中，乔伊斯对那些向大英帝国的根基发起挑战的人产生了重要影响：

　　　那就是一个像我一样的印度人会在《一个青年艺术家的肖像》的主角身上找到自己的原因。书中有这样一段话，"我将去面对无数的现实经历，将在我那灵魂的作坊里，打造我的民族所不曾有的良心"。我也想面对属于我的现实经历。我要尽快阅读《尤利西斯》。[60]

　　夏志清将《二马》和《尤利西斯》进行了卓有见地的平行对比。在他看来，马威的角色与《一个青年艺术家的肖像》的主人公斯蒂芬·迪达勒斯对应，他在漂泊海外的日子里不断锤炼作为一个新中国人的良知；老马则如同利奥波德·布鲁姆，整日做着白日梦，看重的是他人的同情和友好。[61]布鲁姆是爱尔兰籍犹太人，虽然也有缺点，但很好相处。爱国民族主义的烈火在殖民地都柏林熊熊燃烧，如同在民国早期的北京。布鲁姆低下的社会地位与中国满族的处境相互映照，后者在自己的国家被边缘化，在国外亦漂泊无依。

　　按照安纳德的表述，在20世纪20年代的伦敦，每个人都在谈论《尤利西斯》，每个人都想方设法要得到这本禁书：" '雅各布·施瓦兹（Jacob Schwartz）什么时候能给尼基尔搞到一本？'我问格温达…… '日子不好过啊，不是吗？'格温达说：'真不知道议会里那些不学无术的人为什么要为这样一本欧洲每家书店都在卖的书闹出这么大动静！' "[62]雅各布·施瓦兹是布鲁克林的一名牙医，后来转行做了善本书商。他在大英博物馆附近开了家名叫尤利西斯的书店，就在亚瑟普罗塞因东方书店①和出版社的隔壁。可以确定的是，安纳德的朋友尼基尔·森在尤利西斯书店上班，而和安纳德一样，老舍和艾支顿也是这两家书店的顾客。

---

① 亚瑟普罗塞因东方书店（Arthur Probsthain's Oriental bookshop）：创立于1903年的家族式独立书店，以出售亚非及中东地区相关书籍而闻名。

老舍在 20 世纪 30 年代中期之后的创作帮助他确立了现实主义作家的身份，这种说法得到了公认。尽管在伦敦期间创作的小说确立了他在中国的地位，然而受西方叙述学（叙述学是关于叙事技巧和叙事结构及其对我们感知方式的影响的理论与研究）定向逻辑训练的评论家却普遍认为这些作品结构低劣。狭隘过时的阅读方法以及缺少好的英文译本一直影响着老舍作品的普及和接受程度。尽管夏志清对《赵子曰》赞赏有加，称其是"对国家腐败的深刻研究"，"尽管存在情节过度夸张"和"喜剧效果欠收敛"等问题，"依然是一部合格的讽刺作品"。[63] 而这些也正是西方作家在抵制占支配地位的模仿现实主义传统的过程中开始探索的特质。在现代主义小说成为经典之前，中国叙述小说所具有的荒诞、超现实主义、反讽、模仿、过度抒情、多元化观点以及开放式结局等特质，都被客观现实主义的教条原则评判为缺陷或者局限。[64]

老舍在探索中国传奇和小说对西方现代主义文学风格的影响时处于独特的位置。他在《二马》中也间接评论了西方先锋派挪用远东艺术技巧。博学之士西门爵士从老马的店铺里购买古代瓷器的碎片，不为装饰效果，而是专门想要对它的成分进行一番科学分析。

圣詹姆斯花园的房子租约到期之后，房东提高了房租。艾支顿依然没有找到工作，而老舍的预算也很紧张，因为他还要把一部分薪水寄给国内的母亲。[65] 尽管友谊不会结束，但两人决定就此分道扬镳。就在这时，老舍搬进了布鲁姆斯伯里的一家公寓，熟悉了即将被他写入《二马》的地方——博物馆街、托灵顿广场、罗素广场还有戈登街，往北到摄政公园，往南到牛津街。整个1928年暑假，老舍都在安静的东方学院图书馆里创作《二马》。跟之前两部作品不同的是，这部小说全部用白话写成。老舍认为《红楼梦》的文笔非常优美，不过每当描绘自然时就变了风格，成为古典诗歌。[66] 和乔伊斯一样，老舍也想赋予普通人诗意的声音。1928年9月4日，就在任期的最后一个学期开始之前，老舍前往都柏林，展开了一次文学朝圣之旅。他在位于霍斯最高处的韦弗利旅馆待了一个星期，从那里可以看到都柏林海湾新月形的海岸线，一直曲折蜿蜒至邓莱里的马尔泰洛塔，也就是《尤利西斯》开篇介绍的斯蒂芬·迪德勒斯家的所在地。[67]

第四章

"天啊……这是在英国吗？"

（萨克斯·儒默《傅满洲博士之谜》，1913）

从 1900 年义和团运动爆发到 20 世纪 20 年代中期，中国社会经历了一个最脆弱的时期。与此同时，伦敦唐人街走进了英国人的视野，他们对中国人的成见也随之铺天盖地而来。鸦片战争被英国定性为与"邪恶的中国人"的斗争，伦敦的华人社区被视为对整个英国的威胁，这种论调在萨克斯·儒默创作的傅满洲博士的故事中得到了充分的体现。隐藏于莱姆豪斯地区最黑暗深处的傅满洲成为"黄祸"的化身，似乎将为整个世界带来浩劫。19 世纪晚期，清政府腐朽的传闻、对于义和团暴行的报道和驻华记者发回的虚假新闻，都使当时的英国人对伦敦的鸦片馆心存芥蒂，进而发展成为强烈的恐华情绪。而这一切又为儒默作品的成功提供了潜在条件。

第一部傅满洲系列小说——《傅满洲博士之谜》（*The Mystery of Dr Fu-Manchu*，1913）连载初始，伦敦东区爆发了抵制中国廉价劳工、控诉有组织的非法移民活动的种族暴乱。儒默后来承认，当时这种社会情形加之"义和团运动引发的'黄祸'传言使得"一切时机都成熟了，可以为大众文化市场中创造一个中国恶棍的形象"。[1] 的确，从 1900 年北京爆发的众多事件来看，英国民众已然倾向于相信任何关于中国人残忍嗜血的描述。1900 年 7 月，维多利亚女王从路透社收到一则消息，声称被义和团围困在北京的英国使领馆的每一个人——无论男女老少——都已惨遭杀害。在接下来的几个星期里，《泰晤士报》（*The Times*）和《每日邮报》又毫无根据地把这次事件表述为"北京大屠杀"，提醒读者要为抵御"全球性的黄种人起义"做好准备。《每日邮报》如此哀悼："他们英勇地战斗，最终倒在了这面伟大古老的旗帜下，这面旗帜就是飘扬在世界每一个角落的象征白人的旗帜。"[2]《泰晤士报》则报道称："欧洲人冷静英勇地战斗到最后，与势不可当的叛军斗争……我们所能做的就是为他们哀悼，替他们报仇。"[3] 于是，英国士兵起航前往中国，要为这件子虚乌有的事情进行一场"伟大的复仇"。1900 年夏，义和团连续数周占据着世界各大报纸的头版，成为一个熟悉且令人闻风丧胆的存在。[4] 这场运动反对帝国主义的一面，在英国人的想象世界中留下了持久的印象："此后多年，义和团运动都在电影、小说和民间传说中生动地代表着中国最遭人憎恶和恐惧的一切……恶魔般的残忍、仇外、迷信。"[5]

战争期间，英国报纸经常报道唐人街发生了赌场抢劫、吸食鸦片、械斗等事件，描述也越来越耸人听闻，比如英国姑娘"被诱骗落入中国巫术陷阱"或"被迫成为赌博地狱中的信徒"。[6]1915年，伦敦主教亚瑟·福利·温宁顿–英格拉姆（Arthur Foley Winnington-Ingram）将自己的一系列演讲汇总成名为《净化伦敦》（*Cleansing London*）的小册子出版，以此向英国国民发出爱国的号召，呼吁联合战争后方与前方，组建道德战场。出于对维护社会秩序的考虑以及"想要取得真正胜利，就必须要打赢道德战争"的思想，女性行为首先受到了管控。英格拉姆主教命令说："伦敦所有女性的任务，就是在男人归来之前净化帝国的心脏。"[7]老舍抵达伦敦后很快便意识到，这种对于中国人的恐惧和厌恶，不仅仅是受到了有关中国"暴行"的报道的煽动，也是英国本土的"黄祸论"作祟的结果。

就在战争开始之前，埃兹拉·庞德还在伦敦兴奋地记录着自己正在"从方方面面变得东方化"。[8]他最近去摄政街的一家新开业的中餐馆吃饭，这家餐馆不同寻常、十分不错，"供应黑色的鸡蛋（保证有三十年历史）、七先令一份的鱼翅、煮海带、竹笋以及甜燕窝之类的菜品，能够满足具有冒险精神的胃口"。[9]位于摄政街附近的一条死胡同里有一间昏暗而巨大的地下室，庞德在那里看过几场中国人的表演。[10]庞德的朋友——旋涡派画家、《疾风》杂志编辑温德姆·路易斯曾为弗丽达·斯特林堡（Frida Strindberg）新开张的卡巴莱夜总会"金牛犊洞"（The Cave of The Golden Calf）设计过一场皮影戏。具有异国情调的中国事物被美化为先锋派艺术家之间的一种潮流、一种刻意的展现。在《疾风》的女撰稿人丽贝卡·韦斯特（Rebecca West）的回忆中，"俱乐部主持人凯瑟琳·曼斯菲尔德（Katherine Mansfield）最近把黑发剪成了波波头，身穿一件中式服装，看上去很美"。[11]

奥古斯塔斯·约翰（Augustus John）将"金牛犊洞"夜总会比作"立体派艺术家、伏都教徒、未来派艺术家和其他流派代表者的大本营"，这些人公然蔑视英国文化中的资产阶级价值观，狂热地信奉波希米亚式的享乐主义。[12]精力充沛的斯特林堡夫人在与瑞典剧作家①离婚后，决定效仿柏林、维也纳和巴黎的卡巴莱夜总会的样式，活跃伦敦的夜生活。她委托温德姆·路易斯监督"金牛犊洞"夜总会的概念形象设计，节目单、菜单、会员卡和告示上都印有路易斯绘制的旋涡派风格的舞者画像，为夜总会打上了鲜明的现代印记。受印度性爱雕塑的影响，雅各布·爱泼斯坦（Jacob Epstein）将支撑天花板的柱子改成了色彩鲜艳的女像柱；埃里

---

① 指奥古斯特·斯特林堡（August Strindberg）。

克·吉尔（Eric Gill）、查尔斯·金纳（Charles Ginner）和斯潘塞·戈尔（Spencer Gore）绘制了精美的野兽派风格壁画，上面画着异国的动物和花卉，被评论家称为"令人眼花缭乱的东方挂毯"。[13] 一部爱德华时代的回忆录里追忆道："这是一座热闹非凡的旋涡派花园，每个人都在伴着雷格泰姆音乐强烈的节奏跳舞，比画着手势，交谈甚欢。"[14] 作家福特·马多克思·福特（Ford Madox Ford）在一本小说中也曾缅怀此地，称其是所有伦敦人的心之所向，"这里灯光昏暗，人们不会评论任何在此发生的事情"，只想"呼吸一下这个被警察突击检查过的地下洞穴的空气"，而"一切事物又都那么具有东方异域风情"。[15]

战争之后，未来派艺术家、伦敦西区的夜总会以及任何看起来"很中国"的事物都成了蹩脚文人和通俗刊物关注的对象。《每日邮报》刊登了一篇题为《舞池之夜——当"中国佬"开始舞蹈》（"Nights in the Dancing Dens-When the Chinaman Takes The Floor"）的头条文章，描绘了一家现代主义装修风格的夜总会，这种风格在类似地方很常见，但并不协调。[16] 在报刊以及畅销小说的观念中，社会上之所以出现毒品与"东方威胁"，风气之所以每况愈下，那些"反常的现代派别"和"放浪不羁的女子"难辞其咎，因为他们的身上散发着颓废和离经叛道。[17] 萨克斯·儒默的作品面向主流读者，读者们完全能够理解其中的含义。他在《四

番之谜》（*The Si-Fan Mysteries*，1917）中写到了皮特里博士和
内兰德·史密斯警官力图阻止"白人世界被黄种人覆灭"的故事，
他们只有乔装打扮成未来派艺术家，才能进入苏豪区的一家夜总
会，接触到印度大麻。在这家夜总会里，"法国殖民地的人、切
尔西① 搞艺术的人、职业模特和其他类似的人在晚上聚到一起……
和皇家咖啡馆的顾客基本相同，只不过稍微多了一些印度学生、
日本人等等。"[18] 书中这家时髦的夜总会明显就是"金牛犊洞"，
傅满洲本人也常会"经常光顾"这里。皮特里博士在报告中说："我
们并非身在唐人街，而是站在新潮的伦敦市中心，但伟大的中国
阴影依然笼罩着我。"[19]

　　两起引人注目的案件进一步引发了大众对于身穿薄纱的时髦
女郎和兜售毒品的"中国佬"的故事的疯狂追捧。第一起是歌舞
喜剧明星比利·卡尔顿（Billie Carleton）殒命案。事发当晚，卡
尔顿出席了阿尔伯特音乐厅举办的休战舞会，之后被发现死在了
位于萨伏伊的套房里，死因是过量吸食可卡因。最令各家报纸兴
奋的是，卡尔顿平日吸食鸦片，而她的毒品来自莱姆豪斯一名中
国人的苏格兰妻子。[20] 随后在 1922 年 3 月，23 岁的陪舞女郎弗
雷达·肯普顿（Freda Kempton）在吸食可卡因后抽搐而死。肯普
顿吸食的毒品据说来自倒霉的布里连特·张（Brilliant Chang）。

---

① 切尔西：位于泰晤士河北岸，属肯辛顿-切尔西区。

肯普顿与张初次见面是在摄政街上那家埃兹拉·庞德经常光顾的中餐馆里。张家境富裕，持有这家餐馆的股份。肯普顿暴毙之前去的最后一个地方也是这里。尽管《每日邮报》控诉张是"毒品走私王国的黄王"，但张并没有受到案件的牵连，只是在法庭审判结束后将生意东移到了莱姆豪斯考斯韦的上海餐馆。正如马雷克·科恩（Marek Kohn）所言，案件的转折无疑"激发了人们强烈的种族净化意识"。事实上，张的身份和人们所想象的完全不同，"他受过教育，是一个西化的中产阶级花花公子，在船员、店主和手艺人之中很混得开。"不过鉴于莱姆豪斯地区治安在警方的高压之下极度不稳定，毒品和赌博是这里最独特的两个"文化特征"，因此张已然成为人们的眼中钉。[21]

儒默创作的那个邪恶操纵者的形象与这个衣着考究、温文尔雅的中国商人之间不可避免地存在着某些相似之处，加之张引诱他人的手段了得，与黑道的联系也已经不再是秘密，这些都为他的案件造成了负面影响。根据一篇报道的说法，他曾在上海餐馆楼上的罪恶渊薮中与六名吸毒成瘾的女子纵情狂欢。[22] 最终，张在沾染毒品的女演员维奥莱特·佩恩（Violet Payne）的诬陷下入狱，并在服刑 14 个月后被驱逐出境。[23]

无论毒品贸易网络有多复杂，儒默的作品《毒品：唐人街与贩毒的故事》（*Dope: A Story of Chinatown and the Drug-Traffic*，

1919）无疑都是在故弄玄虚。在这本根据比利·卡尔顿事件虚构而成的小说中，儒默写道："中国佬在伦敦东区接货，在伦敦西区卖出，警队里的每一个人都心知肚明。"[24] 有关"黄祸论"的报道肆意模糊着谎言和事实之间的界限。弗雷达·肯普顿死后，《新闻晚报》刊登了一系列耸人听闻的"调查"，声称一位"中国毒王"通过由年轻女子组成的网络控制着伦敦的毒品买卖。这些女子没有稳定的职业，有的是美甲师、按摩师、服务员、衣物寄存处侍者，有的是在伦敦西区的旅馆和夜总会工作的人。[25] 在肯普顿死亡前十天，《新闻晚报》还刊登过这样一则故事，套用了儒默惯用的情节：女演员和时髦女郎通过位于霍尔本和肯辛顿隐蔽的古玩店获得毒品，这些店铺通过橱窗里放置的古玩发出交易暗号。[26]

当"黄祸"的论调模糊了谎言与真相之间的界限时，畅销小说的作者明显对事实报道的套路了如指掌，想尽办法在作品中插入"警察和内政部官员的言论及指令"。[27] 从 1928 年 2 月起，警察加大了对吸食鸦片和走私可卡因等相关违法行为的调查力度。他们在内政部的指示下，打着检查移民身份的幌子，面向英国所有中国人的寄宿公寓、洗衣店、餐馆以及住所展开了一系列联合突击检查。[28]

这些元素在《二马》中都得到了体现，老舍探讨了它们对马威的心理造成的破坏性后果。他在书中写道："中国城有这样的好名誉，中国学生当然也不会吃香的。"[29] 在伦敦的中国学生切身体会到了英国大众文化中对中国以及中国人的敌意，老舍在伦敦的最后一年发生了一系列相关事件，影响了《二马》的结局。当年 3 月，中国驻英国大使馆临时代办陈伟成（W. C. Chen）向英国外交部提起正式申诉，表示"目前在伦敦西区日前上演的戏剧中，至少有五部出现了凶残可怖的中国人形象"。[30] 5 月，老舍参加了在特罗卡迪罗举办的中国协会周年晚宴，陈伟成就当前伦敦戏剧和电影中恶意丑化中国人形象的趋势发表了演讲，指出"再无其他东方国家的国民有如此之待遇"，建议对写出这种作品的人罚款 100 英镑。[31] 陈的演讲得到了英国皇家艺术协会（the Royal Society of Arts）副主席爱德华·克罗爵士（Sir Edward Crowe）的回应。他抱歉地表示，作为中国人的朋友，T. P. 奥康纳（T. P. O'Connor）不会审核通过任何不恰当的东西。[32] 奥康纳是地方自治政策的热烈拥护者、戈尔韦市议员，在 1917 至 1929 年间任英国电影审查委员会主席，同时也是伦敦弗里特街的大人物。他是 19 世纪 90 年代名声大噪的新新闻主义（New Journalism）的创建者，创办了《星报》（*The Star*，1887）、《太阳周报》（*Weekly Sun*，1891）、《太阳报》（*Sun*，1893）以及《TP 周报》（*T. P. 's Weekly*，1902）并担任主编。尽管奥康纳持有激进的政治观点，但他的天主教徒身份却使他与英国道德委员会站在了同一条阵线。1917 年，奥康纳向电影调查委员会提交了著名的"43 条"限令，主要涉及性、毒品以及亵渎神明等问题。其中最接近禁止种族贬损的是第二十条：限制任何有可能诋毁协约国的事件。不过这一条令未必维护过任何中国人的利益。

　　老舍在《二马》中证明了日本人的名声要比中国人正面得多。老马去给温都太太买订婚戒指时，店员不假思索地拿出一枚便宜的给他看。老马坚持要看店里最好的戒指，店员立刻表示之前没认出老马是日本人。而在老马告诉店员自己是中国人以后 [①]，店员反倒认定他是个强盗。陈伟成不是第一个对小说和戏剧中具有煽动性的中国人形象提出抗议的人。1913 年，热门戏剧《吴先生》（*Mr Wu*）在伦敦上演之前，就有学生对其提出了抗议，表示"戏剧情节不符合中国实情。我们担心若把这样的情节作为现代中国文明的形象强加给英国大众，可能会在其中间造成对中国人的偏见"。[33]

　　陈伟成的申诉效果并不比学生好。他列出的《沉默的房间》（*The Silent House*）、《准备行动》（*Hit the Deck*）、《黄色的面具》（*The Yellow Mask*）、《听众》（*Listeners*）以及《自命不凡的人》（*Tin Gods*）等五部戏剧都被驳回。理由是在演出中没有发现任何有争议的政治倾向，而文化方面的问题也与英国宫务大臣毫不相干。[34]

---

① 　《二马》中是温都太太告诉店员老马是中国人，此处原文有误。

《皮卡迪利大街》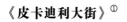

① 《皮卡迪利大街》（*Piccadilly*，1929）：又译《唐人街繁华梦》。

陈伟成的深切忧虑和他为此得到的轻蔑回应，给老舍留下了深刻的印象。1928年4月，就在陈伟成提起申诉一个月之后，英国国际电影公司（British International Films）和导演杜邦（Ewald André Dupont）与英国著名小说家阿诺德·贝内特（Arnold Bennett）进行了洽谈，希望以"皮卡迪利大街"为名创作一个关于伦敦暗娼阶层的剧本。[35] 杜邦是德国电影导演，之前拍过《杂耍班》（*Variety*，1925）和《红磨坊》（*Moulin Rouge*，1928），因在电影里成功展现了柏林和巴黎顶级夜总会中纸醉金迷的异国情调而名声大噪。正因如此，杜邦才会在此时受到委任，用电影去展现伦敦的同样一面。贝内特倾尽全力，在不到两个星期的时间里写出了一个让制片人和导演都抱有高度热情的剧本。[36] 1928年7月26日，电影马不停蹄地进入了制作阶段。

贝内特的剧本在伦敦西区皮卡迪利亚大街的夜生活和伦敦东区华人聚集区之间构架起必要的联系，从而成功赋予了伦敦像巴黎或柏林一样的迷人魅力。[37] 按照广为流传的谣言，毒品是中国的头目从远东地区的港口运抵伦敦，先被存放在河边的地下仓库里，后从这里分销到梅菲尔 ① 和皮卡迪利大街的沙龙和夜总会的。影片中的莱姆豪斯是傅满洲的莱姆豪斯，儒默在《黄爪子》（*The Yellow Claw*，1915）中就曾强调过伦敦东西区之间的勾结，并把莱姆豪斯富丽堂皇的鸦片馆称为"金龙洞"。不过贝内特的剧本和拍摄出来的电影的情节也在很多方面借鉴了托马斯·柏克的《莱姆豪斯之夜：唐人街故事》，这部广受欢迎的作品再现了伦敦东区工人阶级的夜生活。

柏克的伦敦唐人街故事，在一定程度上是对现代主义知识分子自我塑造的回击，而他们对伦敦波希米亚文化的传承是这种自我塑造中至关重要的部分。柏克对工人阶级休闲生活的描绘，挑战了长期以来知识分子对于违禁行为以及享乐主义的垄断。当未来派艺术家和旋涡派画家与颓唐的名媛在现代主义的地下室里纵情狂欢时，当穿着紧身套装、涂着指甲油的年轻男子在皇家咖

---

① 梅菲尔（Mayfair）：位于伦敦威斯敏斯特市内，被认为是"伦敦最昂贵的地方"。

啡厅小口喝着薄荷甜酒时，柏克站了出来，谴责这些自诩为波希米亚主义者的人其实都是上流社会装腔作势的人。在柏克看来，真正的波希米亚生活，只有从工人阶层的周六夜市和码头旁的酒馆中才能找寻得到。[38] 真正的四海为家、多元文化的生活方式，只有在穷人中间才能找寻得到。只有在他们中间，才能找寻到亨利·穆尔格（Henri Murger）的《波希米亚人的生活情景》（*Scènes de la Vie de Bohème*）的精神真谛。穆尔格在他的作品中竭力展示了一个事实：切尔西和布鲁姆斯伯里的艺术家（这些人一门心思地研究欧洲模式和东方腔势）苦苦追寻的东西，其实就长久地隐藏在陌生的伦敦东区。金牛犊洞夜总会不过相当于莱姆豪斯在伦敦西区的前哨，而莱姆豪斯才是汇聚了异国情调与东方文化的宝库。柏克写道："艺术舞会、舞厅和狂欢会，奇装异服、黑人帕恩（negroid Pan）的咆哮以及酒神巴克斯（Bacchus）的吼叫"与伦敦东区不受世俗陈规约束的人以及莱姆豪斯站街女的"粗鄙嗜好"相比，显得空洞虚伪。[39] 也许俄罗斯芭蕾舞团异国情调的表演会让上流社会的观众眼花缭乱，然而"真正的酒神节"却正在伦敦东区上演。柏克对读者说："你可能会在宫殿剧院欣赏由帕夫诺娃（Pavlova）领舞的格拉祖诺夫（Glazounoff）的作品《酒神节·进入秋季》，但我不会在沙夫茨伯里大街和皮卡迪利大街找寻真正的酒神节精神。我会去金斯兰路、隧道街以及牙买加路。"[40]

当布鲁姆斯伯里文化圈还试图从遥远的中国探求更高的知识和审美层次时，柏克的《莱姆豪斯之夜》就已经引发了轰动。

　　柏克笔下的莱姆豪斯之所以能够在美国读者中引发共鸣，是因为美国读者熟悉旧金山或纽约的唐人街，或者说熟悉这些地方在低俗小说中的样子。出版几年后，书中的故事就被人写成了歌词，电影版权也被导演大卫·格里菲斯（D.W.Griffith）以 1000 英镑的价格买下。包括梅布尔·诺曼德（Mabel Normand）、朵乐丝·德里奥（Dolores Del Rio）和查理·卓别林（Charlie Cahplin）在内的美国好莱坞名流，都在来英国游览时将柏克笔下的莱姆豪斯作为伦敦之行的重要一站。以往经常出现在耸人听闻的报道中的莱姆豪斯，如今迎来了旅游业的春天。1924 年，也就是布里连特·张的案件结束之后，托马斯·库克旅行社推出了游览车项目，令莱姆豪斯的居民不堪其扰。在精心安排好的时间点，几扇门会突然敞开，留着辫子的中国人冲出来，挥舞着砍肉刀沿街追逐。[41] 喝几杯香槟鸡尾酒后沿着唐人街的街道游览一番，变成了伦敦西区的人常做的事。[42] 阿诺德·贝内特那些年的日记中记录过令人眼花缭乱、应接不暇的各式潮流活动，比如在萨伏伊餐馆吃晚餐、在剧场的首演、在游艇上度过的周末，以及必不可少的唐人街之旅。贝内特在 1925 年 4 月 28 日（星期二）的日记中写道："昨晚我和比弗布鲁克（Beaverbrook，《每日邮报》的拥有者）、阿什菲

图 5　"在西罗夜总会跳舞"，《旁观者》，1930 年 1 月 22 日。图片前景桌边坐着的是黄柳霜（Anna May Wong）。舞池里挤满了贵族、剧作家和政客，其中有黄柳霜接下来在伦敦拍摄的电影《爱尔斯特的呼声》（*Elstree Calling*，1930）中的同组演员，打击乐手特迪·布朗（Teddy Brown，图片中坐在舞池后边，长着长下巴），以及喜剧演员杰克·赫尔伯特（Jack Hulbert）。（©Mary Evans Picture Library.）

尔德（Ashfield，伦敦地下电气铁路公司主席阿什菲尔德勋爵，是位喜欢寻欢作乐的商界大亨）去了一趟唐人街。车从西罗夜总会（Ciro's）开到唐人街，足足用了十五分钟。"[43]

　　"西罗"是伦敦西区最高档的餐厅和舞厅之一，在比亚里茨、蒙特卡洛和巴黎都有连锁店铺。尽管正值"一战"，伦敦这家还是在 1915 年开业了，就在英国国家美术馆后面一条不起眼的街道上。这是一家主要面向上流社会的私人俱乐部，接待的客人可不

图 6　莱姆豪斯一家关门的店铺，1927 年。（©Getty Images）

图 7　黄柳霜，1935 年，由肖像画家约瑟夫·奥本海默（Joseph Oppenheimer，1876—1966）绘于伦敦。这幅肖像迄今未曾出版，稀有之处在于奥本海默在呈现黄柳霜的外貌时，并没有使用惯常的民族符号主义手法。在这幅肖像画中，黄柳霜被描绘得就像那个年代的任何美人一样。奥本海默因这种绘制风格享有盛誉，被赞为"一个用颜料和帆布创造魅力的男人"。

会让战时严峻的财政形势阻挡他们寻欢作乐。[44] 夜总会找来一个由非裔美国人组成的爵士乐队，演奏最新的雷格泰姆音乐以及狐步舞旋律。乐队成员不仅得到了居住许可，还以"西罗夜总会黑人管弦乐队"的名号录制了唱片。伦敦西罗夜总会的前身是一家维多利亚时代的公共浴室。这座宽敞的建筑经过改造，安装了夏天可以打开的滑动顶棚和舞蹈地板，整体装饰是路易十六时期的风格，沿用了"西罗"特色鲜明的浅青绿色和金色。英国绅士将娱乐根据地从伦敦西区飞速转移至莱姆豪斯的考斯韦一带，贝内特在日记中称这种现象为"短时间内的巨大变化"。贝内特的日记记录了平日里的观察，也反复提及了一些刻板印象。他写道："几乎所有房门都关着。有些窗户也总是关着。他们不喜欢光。"街上有中国人在玩番摊①，在彭尼菲尔兹还有一些"长相标致的"妓女，"以犹太女人为主"。"我们去了一家中国音乐俱乐部，有四个男人在打麻将，还有一个人在弹奏一把长得像吉他的中式乐器……我们提议他们唱一段，但没人理会。他们很客气，但并不欢迎我们。我们想进一间儒教祠堂，但门上了锁。"[45]

莱姆豪斯的现实状况其实乏善可陈，这也是托马斯·库克旅行社不厌其烦地安排械斗表演的原因。J.G. 伯奇牧师在《莱姆豪斯的五个世纪》（*Limehouse through Five Centuries*，1930）一书

---

① 番摊：一种赌博游戏。——译者注

中指出："没有人会贸然否认黑社会的存在，不过观光者看不到这些……那些慕名而来的人是找不到托马斯·柏克书中的莱姆豪斯的。"[46]贝内特的观光经历也不例外，"总的来说是个无聊乏味的夜晚"。尽管没有看到"任何恶行"，但当贝内特着手创作《皮卡迪利大街》时，依然用传说中的莱姆豪斯完美衬托了伦敦西区的夺目光彩。影片中的夜生活场景在女主人公秀秀在莱姆豪斯的住所、她工作的码头边的酒吧以及高档耀眼的皮卡迪利夜总会之间来回切换，皮卡迪利夜总会的取景地就在莱斯特广场新开业的"巴黎咖啡馆"卡巴莱俱乐部。由美籍华裔演员黄柳霜扮演的秀秀是一位工于心计的帮厨，由齐格菲尔德富丽秀表演者吉尔达·格雷（Gilda Gray）扮演的梅布尔则是皮卡迪利夜总会里一名风光不再的明星。秀秀颇具东方情调的舞步使梅布尔过时的西迷舞黯然失色。凭借自己的魅力，秀秀不仅抢走了梅布尔的工作，也取代了她在夜总会老板瓦伦丁·威尔莫特心中的位置。

随着秀秀和威尔莫特的恋情逐渐升温，秀秀成为皮卡迪利夜总会的新头牌。一天晚上，威尔莫特开车送秀秀回家，途中在莱姆豪斯的一家酒吧下了车。这个场景直接出自柏克《莱姆豪斯之夜》中的蓝灯笼酒吧："在山东会馆的拐角处"，唐人街形形色色的居民聚集在此——工厂里的工人、商铺里的年轻女店员、赌徒、警察的眼线、码头工人、吸毒者、侍者、无政府主义者、打零工的人、印刷工、妓女、职业拳击手、音乐厅的人、"合唱团的女团员、职员、电影从业者"以及"衣衫褴褛的人……任何人都可能出现在这里，任何人都可以不动声色地融入这里"。[47]这一带所有招人喜爱的男子和淘气的姑娘合着雷格泰姆音乐快节奏的旋律跳着最时髦的舞步。[48]在影片①的字幕里，秀秀向威尔莫特解释道："看，这就是我们的皮卡迪利。"但接下来发生的一幕却脱离了柏克笔下的国际化大都会的喧闹气氛。一名黑人因为与白人女性共舞而遭到了老板的驱逐。接下来出现的字幕是："你是瞎了还是怎么了？"事情变得令人不快，秀秀和威尔莫特悄悄地离开了。

时下有关跨种族性关系的描写已经形成了一套规范，多是通过白奴、卖淫女或瘾君子加以表现，老舍在《二马》中探讨了这种表现形式对于主人公的影响。柏克的描写中总带有一种令人不快的暗示，比如莱姆豪斯的白人女孩自愿和中国男子同居，这在一定程度上挑战了大众普遍接受的道德准则。《泰晤士报》对此持严肃态度，因柏克对伦敦东区种族混杂的描述而谴责他为"厚颜无耻的煽动者"。[49]《莱姆豪斯之夜》小说集的同名小说讲述了一段诗情画意的爱情——一名中国男子真诚地爱着一位白人姑娘。这篇小说同样遭到了抵制，因为它为白种女人和黄种男人之间的关系赋予了情感魅力，也许"会助长一种趋势，而这种趋势可能

---

① 该片为默片。——译者注

会带来灾难性的后果"。[50] 就算没有按照《泰晤士报》所认为的方向发展，一场跨种族的婚姻也确实会带来灾难性的后果，贝内特在创作《皮卡迪利大街》剧本时很可能时刻清楚地意识到了这一点。1918 年，出生于牙买加的钢琴家、西罗夜总会黑人管弦乐队的主要人物丹·基尔代尔（Dan Kildare）娶了玛丽·罗斯·芬克（Mary Rose Fink）。玛丽·罗斯·芬克是一位 29 的岁英国寡妇，拥有一家名叫"贝尔"的酒吧，位于伦敦西区小提茨菲尔街上。基尔代尔和妻子曾两次因为暴力和通奸的谣言而分居，还曾在一次婚姻纠纷中袭警，被责令具结保证。1920 年 6 月 21 日晚上，基尔代尔去了"贝尔"酒吧，先枪杀了妻子和妻子的姐姐，之后开枪自杀。不必说，这起犯罪事件自然又被伦敦的报纸大肆报道。报道称，尽管基尔代尔是一名成功的音乐家，每晚靠弹钢琴就可以赚到 200 英镑，但自杀当晚曾经醉酒和吸毒。[51]

正如爵士乐时代身处伦敦的非裔美国人一样，海外的中国人也肩负着维护同胞声誉的责任。萧乾这样记录此时在伦敦的经历："一个人在国外往往代表的不仅是他本人，在他身上经常反映出国家的地位。"[52] 一个人不仅仅有自己的性格，还背负着民族的性格。《皮卡迪利大街》中，威尔莫特、秀秀和梅布尔之间的三角恋爱关系因为秀秀的中国男友吉姆的嫉妒之心而变得扑朔迷离。后来秀秀被谋杀，梅布尔遭到怀疑，不过最终真相大白——吉姆才是凶手。饰演吉姆的郑景浩（King Ho-Chang）并非演员出身，根据演职人员介绍可知，他是莱姆豪斯一家颇有名气的餐馆的老板。在当时，舞台剧或者《皮卡迪利大街》之类的电影往往会找一个中国临时演员扮演罪犯，老舍在《二马》中也提到了这个传统。伊牧师的妻子有一个哥哥，名叫亚历山大，他长着粗脖子、秃脑袋，两腮非常地红，爱吸烟，举止粗鲁，之前在中国做买卖。亚历山大给老马找了个活儿时说："作电影，你明白我的意思？……我告诉你：我现在帮着电影公司写布景……我呢，在东方不少年，当然比他们知道的多；我告诉你，有一分知识挣一分钱；把知识变成金子，才算有用……他们要个体面的中国老头，扮中国的一个富商，并没有多少作派，只要长得体面，站在那里像个人儿似的就行……容易！你明白我的意思？白捡十五镑钱！……他们在东伦敦找了一群中国人，全是扁鼻子，狭眼睛的玩艺儿，你明白我的意思？自然哪，这群人专为成群打伙的起哄，叫影片看着真像中国……导演的人看这群人和一群羊完全没区别：演乡景他们要一群羊，照上海就要一群中国人。"[53]《二马》中这部没提名字的电影复制了《皮卡迪利大街》中英国人和中国人截然不同的生活场景。"这个电影的背景是上海……一条街代表租界，一条街代表中国城。前者是清洁，美丽，有秩序；后者是污浊，混乱，天昏地暗。"[54]这部电影还有另外一个与《皮卡迪利大街》的相似点，就是这部电影"是英国最有名一位文人写的"。"这位先生明知中国人是文明人，可是为迎合人们心理起见，为文学的技艺起见，他还是把中国人写得残忍险诈，彼此拿刀乱杀；不这样，他不能得到人们的赞许。"[55] 也许对贝内特来说，这部剧本直接带来的 2000 英镑收入才更为关键，而因为在《电影周刊》上连载，他又多赚了 300 镑。[56]

尽管担心要"和东伦敦那把子东西一块挤，失身份"，老马还是答应出演。正如现实中早些时候的中国学生一样，《二马》中的中国学生对这部电影提出了抗议。"中国学生……请使馆提出抗议。使馆提出抗议去了，那位文人第二天在报纸上臭骂了中国使馆一顿。骂一国的使馆，本来是至少该提出严重交涉的；可是中国又不敢打仗，又何必提出交涉呢？"[57]

学生们将伦敦东区曾经拒绝参演这部电影的爱国青年组织到一起，准备砸了马家的古玩铺。李子荣谎称店铺是自己的，把这些人劝了回去。"各晚报的午饭号全用大字登起来：'东伦敦华人大闹古玩铺。''东伦敦华人之无法无天！''惊人的抢案！''政府应设法取缔华人！'"一篇报道这样"引用"老马的话："Me no say.Me no speak."尽管马老先生并没有这么说。[58] 事发当晚"东伦敦的街上加派了两队巡警"，"国会议员质问内务总长，为什么不把华人都驱出境外"。[59] 1919 年，英国的港口城市爆发了"肤色暴乱"（colour riots），自此之后，英国政府决定尽快遣返战时来英的外国人。老舍在《二马》中也提到了这些指令。相关的报道许诺，只要必要的船舶到位，即刻就对这些人进行遣返。一旦执行，受波及的首先就是中国人。除去在英国有生意这种非常特殊的情况，没有人可以获许留在英国。[60]

具有讽刺意味的是，媒体的报道竟然给古玩铺创造了惊人的利润，但从长远来看，随着李子荣离开店铺去追求自己的事业，马老先生的未来充满了未知。只有效仿李子荣做事的劲头，学着承担起做生意的责任，马家的未来才有保障。李子荣的想法总是很超前，他说："你看，咱们邻家，上个月净卖蒙文满文的书籍，就赚了好几百。"而对此马老先生一脸质疑："谁买满蒙文的书啊？买那个干什么？""马老先生不但觉着李子荣俗气，而且有点精神病！"他说："笑话，洋鬼子念满文'十二头儿'？怎么着，洋鬼子预备见佐领挑马甲是怎着？现在我们是'中华民国'了！"[61]

"中国时尚年"（1925）

马老先生和李子荣之间的代沟导致了两人之间的误解，而这种代沟也困扰着温都太太和她的女儿玛力。正如老舍讲述的那样，现代化对西方的冲击首先就体现在女性的生活中。玛力在一家帽铺上班，和母亲时常"一顶一句地拌嘴"。她们不仅关于爱情的意见不同，就连"穿衣裳，戴帽子，挂珠子的式样也都不一样"。玛力认为衣裳越短越好，她母亲则说："你要是再买那小鸡蛋壳似的帽子，不用再跟我一个桌儿上吃饭！"[62]战争期间，女性开始外出工作，实用的女装变成了一种解放潮流。很多丧偶或者结婚无望的女性，如今都可以在生活上自给自足。她们花自己的钱，穿能符合自由新生活的衣服，伦敦的牛津街成为她们的麦加城。老舍这样写道："从太阳一出来直到半夜，牛津大街总是被妇女挤满了的……她们走到这条街上，无论有什么急事，是不会在一分钟里往前挪两步的。铺子里摆者的花红柳绿的帽子、皮鞋、小手套、小提箱……都有一种特别的吸力，把她们的眼睛，身体，和灵魂一齐吸住。"[63] 战后女性的裙长短了差不多八英寸，合成纤维的发明使所有人都可以买到廉价的肉色人造丝袜。早在战争开始的几年前，社交名媛们就已经摆脱了紧身内衣的束缚。1903 年，法国时尚设计师保罗·波烈（Paul Poiret）的事业有了起色，那个时代有名的演员和舞者都会选择他所设计的颇具争议的宽松中式或和服式时装。[64] 性情古怪的玛切萨·路易莎·卡萨提（Marchesa Luisa Casati）、莎拉·伯恩哈特（Sarah Bernhardt）、伊莎多拉·邓肯（Isadora Duncan）以及芭蕾舞《天方夜谭》中的明星伊达·鲁宾斯坦（Ida Rubinstein）都是波烈的客户。

　　1911 年，受《一千零一夜》新译本的启发，波烈在巴黎举办了一场名为"一千零二夜"的奢华派对，并在派对上发布了"东方神采"（Oriental Look）系列服装设计作品。[65] 同月，谢尔盖·狄亚基列夫（Sergei Diaghilev）的俄罗斯芭蕾舞团在国王乔治五世的加冕典礼上征服了伦敦人。多亏了俄罗斯芭蕾舞的广泛影响，东方审美在装饰艺术中渐渐占据了支配地位，与此同时，时尚圈也吸收了现代主义审美，轻盈的女性体态开始在 20 世纪受到推崇。等到战争结束，这位"东方女孩"走下舞台，走上了伦敦街头。

"她"遵从波烈和俄罗斯芭蕾舞团服装师里昂·巴克斯特（Leon Bakst）的设计偏好，不再穿带束腰的紧身胸衣。在塞西尔·比顿为时尚杂志 *Vogue* 拍摄的照片中，一位社交名媛身着满族长袍，跷腿坐在松软的长沙发椅上；像埃塞尔·利维 [1] 这样活力四射的舞团女演员，会在头巾上装饰鱼鹰羽毛，而每个留着波波头的好莱坞新秀都会拍一套身穿中式睡衣的写真。人们穿着的中式茶服、马甲和色泽艳丽的宽松披肩，上面还会绣着大朵的白色莲花、红色的鱼以及橙色的鸟。在舞厅里会看到用多色丝线织成的平纹绸中式礼服，往往还会以一双中式锦缎拖鞋来配合这种装束来踩。[66] 不难预想，1925 年或将成为"中国时尚年"。

那一年，东方潮流同样进入了英国民众的生活。"墙纸上绘制着各种各样的东方图案，尤其是中国和日本的园林风景，还有菊花或紫藤花。窗帘上是中国龙或龙云的纹饰。"靠垫和灯罩上"用金线纹饰有中国龙图案"，瓷器"釉面光滑细腻，摹仿康熙时期的瓷器"。[67] 大英帝国博览会的香港展于 1925 年 10 月结束，公众排队竞拍漆器家具、象牙制品、刺绣、麻将、中国茶和姜。[68] 在美国，麻将之夜风行一时，而在英国首都伦敦，打麻将也取代了桥牌聚会，成为了女主人热衷的新奇事物。[69]

这场中国时尚潮流中隐含着的解放身体和释放感官的意味，

---

[1]　埃塞尔·利维（Ethel Levey, 1880—1955）：美国演员、歌手、舞者。

图 8　年轻快活的瘾君子。
（© Bridgeman Art Library）

图 9　家中的斯皮内利小姐。（© Bridgeman Art Library）

标志着一种搅动人心的女性美的产生。赫胥黎在《滑稽的环舞》中提到，停战协议签署之后，波希米亚式的生活态度在伦敦城内盛行。主人公罗茜·希尔沃特想要找到一个时尚前卫的情人，而每经历一位情人，她就变得更加"中国化"。[70] 当西奥多·冈布里尔开车来接她时，迷恋时尚的罗茜正目不转睛地盯着贝斯沃特街上怀特利百货商店的橱窗，里面展示着当季的潮流新品。"罗茜的头上是一顶光亮的黑色小帽，看上去几乎像是金属制成的……至于她那一双眼睛，正从眼角斜视着。"[71] 一个半小时后，两人驱车来到梅达韦尔地区布洛克瑟姆花园的一处住所。罗茜窈窕曼妙的时髦身材在粉色和服式外衣中愈显标致。[72] 罗茜的下一个目标是西奥多的朋友、鉴赏家梅卡普坦先生。梅卡普坦位于斯隆大街公寓里有一张"非常漂亮的镀金沙发，上边还有雕刻……座位很深，四四方方，宽度和长度几乎是一样的。因此当你坐下来休息时，双脚必然会悬空，最终舒舒服服地躺下来"。罗茜就是在这张东方风格的沙发上对梅卡普坦发起了攻势。在梅卡普坦摆放小装饰品的橱柜里，还有一个精美的中国男性生殖器的水晶摆件，与旁边的切尔西瓷器形成了有趣的对比。[73] 罗茜的第三次寻爱冒险将她带到了"混乱不堪的皮姆利科迷宫"。恶魔一样的科尔曼是她历任情人中最风流的一位，人物原型是赫胥黎的朋友、音乐家彼得·沃洛克（Peter Warlock）。科尔曼打开门，注视着这位"身

图 10　中国时尚。1923 年巴黎女演员安德雷·斯皮内利（Andrée Spinelly）在其佛陀工作室拍摄。安德雷·斯皮内利是保罗·波烈喜爱的客户。在这张早期宣传照中，斯皮内利在自己仿照中国样式设计的家里，身穿波烈设计的礼服。斯皮内利发明了一种大胆、时髦的中式发型——头发从前往后梳顺，在脑后绾成发髻，用发簪固定。

材修长，长着一双略微上挑的眼睛的年轻女人"。[74]

时尚历史学家莎拉·郑（Sarah Cheang）认为，这一时期的女性对于中国事物的欢迎态度，实则反映了有关现代女性气质的社会焦虑，女性在被时尚圈的男性物化并重新定义。"这些化着中式眼妆，留着中式发型，穿着中式服装的'新女性'代表了社会种族秩序的崩塌"，其实却"最终强化了这种秩序"。中国过时的满族长袍在西方时尚圈的流行，实际上是将中国置于一个停滞不前的位置，否认了中国向现代化发展的能力。[75]

《二马》中的马威被玛力·温都的双腿和短裙所吸引，同时对英国人——无论老少——无忧无虑的生活感到困惑。"溜冰场，马戏，赛狗会，赛菊会，赛猫会，赛腿会，赛车会，一会跟着一会的大赛而特赛……英国人不会起革命，有的看，说，玩，谁还有工夫讲革命。"[76] 老马对"洋鬼子们"，尤其是洋女人们的怪诞行为感到不解，而这种困惑不解是小说中幽默的主要来源。由于缺少马威的敏感，马老先生反而很容易地便和英国房东熟络了起来。那年夏天，女孩们"头上戴着压肩的大草帽，帽沿上插着无奇不有的玩艺儿，什么老中国绣花荷包咧，什么日本的小磁娃娃咧，什么鸵鸟翎儿咧，什么大朵的鲜蜀菊花咧"。[77] 莎拉·郑表示，西方人在采用传统中式服装样式的基础上还对其进行了改良，比如原本出现在长袍袖口上的刺绣被用到了裙子、外套、披肩、帽子和坐垫套上。[78] 马老先生写了一个汉字"美"，温都太太把它绣在了玛力的帽箍上，认为女儿的"帽子一定惹起一种革命——叫作帽子革命吧"。马老先生原本很骄傲，但是当他看到温都太太把"美"字绣倒之后不禁哑然失笑——"美"字倒过来之后看着就像"大王八"。[79]

老舍对英国人的感情很复杂。他在小说中批判了英国人的傲慢、孤僻、种族和等级歧视观念以及狭隘的爱国主义。伊牧师的儿子保罗"在街上能冒着雨站三点钟，等着看看皇太子……去看足球，棍球，和骂中国人的电影什么的，是风雨无阻的"。[80] 老舍没有为了迎合马威单相思的心境就把伦敦描绘成阴郁沉闷的样子。事实上，周围的欢乐气氛反倒更加凸显了马威的愁苦。老舍笔下的伦敦多姿多彩、五颜六色。海德公园和摄政公园的花池子一年四季都花团锦簇，"深红的绣球，浅蓝的倒挂金钟……都像向着阳光发笑"。[81] 甚至连流动的车流都涂上了一抹彩虹，"街上的汽车看着花哨多了，在日光里跑得那么利嗖，车尾冒出的蓝烟，是真有点蓝色了"。[82] 这就是《滑稽的环舞》和《达洛维夫人》等具有开创性的都市现代主义作品中描绘的伦敦城——拥有绚丽的花朵、红色的制服、锃亮的铜制门环、条纹遮阳棚和脸颊红润的姑娘。在这座城市里，商业化和享乐主义已成定势，与战后的恐惧和绝望分庭抗礼。

第五章

“招呼毒药！”

（《二马》，1929）

道格拉斯·戈德林（Douglas Goldring）曾是旋涡派画家中的一员，也是社交场上的活跃人物。在他的回忆里，战后的伦敦涌现出各种风气——"主张男女同校的人、莫里斯舞者、素食主义者、禁酒主义者、经济学教授、吸毒的人、酒鬼、社会党人、八卦专栏作家、剧作家、共产党员、罗马天主教信徒、画家还有诗人……所有人都活得放纵不羁，无拘无束"。[1]老舍在《二马》的开篇就简要介绍了英国的诸多社会焦点。那是一个春日的周末，海德公园的演讲角里人声鼎沸。挥舞着红旗的社会党人和挥舞着国旗的保守党人互相指责对方应该为天下的罪恶负责。救世军敲着八角鼓，紧挨着他们的是"天主教讲道的，再过去还有多少圈儿：讲印度独立的，讲赶快灭中国的"。[2]面带微笑的禁卫军身穿红色制服，

"腰板儿挺得比图画板还平还直"，不知疲倦地搭讪着漂亮姑娘。一个瘦弱、憔悴、"脊梁也略弯着一点"的年轻人——马威——在一旁观察着一切。如果说直立是人类优于其他脊椎动物的特性，那么当一个人在放弃了这种姿势的同时，也便否定了自己与动物之间的这种区别。一场知识分子的骚动跃然纸上，一方面展示了英国人的冲劲和活力，一方面表现了长期压制下畏缩无能的中国，二者在字里行间形成了鲜明的对比。马威"和那些穿红军衣，夹着姑娘胳臂的青年比起来，他真算是有点不幸了"。[3]

21 岁的马威一脸愁苦。他在附近徘徊了很长时间，直到人群差不多都散净了。"四面的煤气灯全点着了。围着玉石牌楼红的绿的大汽车，一闪一闪的绕着圈儿跑，远远的从雾中看过去，好像一条活动的长虹。"[4]草地上的人都走了，只剩一个黑影儿倚靠在铁栏杆上。场景随后切换至深夜，马威出现在李子荣的住处，问可否容他借宿一晚。汽船的汽笛声打破了寂静，既然李子荣住在这里，那么明显附近居住的都是中国人。这里的环境描写向读者暗示了当前的位置可能是伦敦东区码头边的唐人街。第二天早上，李子荣一觉醒来，发现马威已经没了踪影。他拉开窗帘，俯视着窗外的泰晤士河。至此读者已经可以确定，这里就是莱姆豪斯考斯韦，或者说是"中国人的考斯韦"。20 世纪 20 年代末期，萨克斯·儒默和托马斯·柏克已经牢固确立了以莱姆豪斯为背景的小说的叙事传统。这里的阳光永远不能驱散弥漫在蜿蜒街道上的黑暗和雾霾；染油的泰晤士河总是散发着不祥之兆；中国人住的房子的百叶窗从来不会拉开。下面这两段文字便是柏克的《莱姆豪斯的夜晚》和贝内特的《皮卡迪利大街》中的唐人街：

> 这一带房子的百叶窗都关着，阴暗中流露出一丝奇怪的威胁。每一间窃窃私语的房子里似乎都留藏着可怕的事物……每一个角落都被一盏暗淡的煤气灯照着，半明半暗的样子似乎藏匿着罪恶，每走一步都能感受到危险的气息。考斯韦地区不过就是一片"黄脸鬼"聚集成的迷雾。[5]

> 莱姆豪斯缄默的夜色下，河水像熔铅一样流动……汽笛发出哀嚎。慢悠悠的驳船在河面上漂摇，像是找不到家或者避风港……远处，经常可以听见东方船员的劳动号子。[6]

按照英国作家的描述，唐人街的四月不过是日历上的一个月份，因为莱姆豪斯是没有四季变换可言的。[7]但在老舍的笔下，莱姆豪斯却别有一番景致。李子荣窗外的景象完全不同于英国作品中场景。

> 岸上的小树刚吐出浅绿的叶子，树梢儿上绕着一层轻雾。太阳光从雾薄的地方射到嫩树叶儿上，一星星的闪着，像刚由水里捞出的小淡绿珠子……早潮正往上涨，一滚一滚的浪头都被阳光镶上了一层金鳞：高起来的地方，一拥一拥的把这层金

光挤破；这挤破了的金星儿，往下落的时候，又被后浪激起一
堆小白花儿，真白，恰像刚由蒲公英梗子上挤出来的嫩白浆儿。
最远的那支小帆船慢慢的忽悠着走，河浪还是一滚一滚的往前
追，好像这条金龙要把那个小蝴蝶儿赶跑似的。[8]

　　在《距离的消解：中西诗学对话》（*Diffusion of Distances:
Dialogues between Chinese and Western Poetics*）一书中，叶维廉
（Wai-lim Yip）阐释了中国古典文学对于景物的美学观念："不需
要人类的智慧去干涉或调和。"[9]正如道家所强调的"坐忘"，只
有清除所有思维干扰的痕迹，才能如明镜止水一般反映出事物的本
真。[10]"李子荣呆呆的一直看着小帆船拐了河湾，才收了收神……"[11]
透过李子荣"沉浸式"的视角，老舍揭示了英国人对唐人街形象的
歪曲与杜撰，凸显出英国小说中那个被强行"东方化"的莱姆豪斯。

　　《二马》一书以倒叙的形式写成。小说的最后一幕再次来到
李子荣的房间，延续了开篇的那一幕——马威带着绝望，离开了
熟睡中的朋友，离开了伦敦。而小说的主体部分则是"从马威从
李子荣那里走了的那天往回倒退一年"开始写起，这样才能讲清
马威为何如此绝望，以及为什么"他恨不得世界和他自己一齐消
灭了"。[12]这种框架结构等同于中国小说所惯用的首尾呼应，也
就是用一个情节象征整部作品的含意。[13]康拉德在其作品《黑暗
的心》（*Heart of Darkness*，1902）中也运用了这种手法。

　　与《黑暗的心》一样，《二马》的开头和结尾都发生在同一个
地点——大英帝国霸业的中心——伦敦码头。如果按照柏克颇具煽
动性的表述，这里是"东方人进在西方世界入口处的盘踞点"。[14]
《二马》是一个拥有悲剧性内核的故事，对于人类在政治剥削面前
的无能为力有着忧郁却清晰的认识，这两点在很大程度上受益于康
拉德。康拉德的作品深受老舍的赞赏，"尤其是那些人类为意义和
秩序而战以及追求人性极限时刻的荒诞感"。[15]另一个与《黑暗的
心》的相似之处是，《二马》没有明确的结局。在一篇关于康拉德
的文章中，老舍写道："'Nothing'常常成为康拉德的故事的结局。
不管人有多么大的志愿与生力，不管行为好坏，一旦走入这个魔咒
的势力圈中，便很难逃出。"[16]正是马威对房东女儿玛力无望的爱慕，
使他一步步走向"虚无"（nothingness），前路未卜。玛力轻蔑的
态度对马威的心理造成了毁灭性的打击，至于马威是否可以承受这
种痛苦，小说的开头和结尾都对此画上了问号。

　　老舍对西方文学涉猎广泛，又有所偏重，他不仅阅读西方现
代作家的作品，也会阅读讽刺作家乔纳森·斯威夫特（Jonathan
Swift）和威廉·萨克雷（William Thackeray）的作品。老舍会
在写作中运用讽刺手法，向英国华人蒙受的屈辱背后的文化和道
德准则提出质疑，但他的愤慨又总会被他和善的幽默所调和。尽
管在 20 世纪 20 年代的英国，狄更斯的作品已经不再流行，但老

舍却非常喜欢。《二马》对于社会的敏锐观察中，常常弥漫着荒唐可笑的味道，这一点便是受到了《匹克威克外传》（*Pickwick Papers*）的影响；而其超然而客观的喜剧反讽效果，则是受到了《雾都孤儿》（*Oliver Twist*）的影响。此外，《二马》中的社会关系网以及看似不可能的巧合，很大程度上也取决于狄更斯在构建情节时的偏好。比如马威和朋友凯萨林在皇家植物园中的中国宝塔附近偶遇，那一天又恰好是新年，这种情节上的安排具有明显的象征作用。现实主义作家不会认同狄更斯的这种"违背常规和概率的手法"，不过对狄更斯本人而言，"情节只是一个服务于主题的元素"。[17]

　　角色塑造是这部小说的核心。尽管《二马》中的每一个人物都代表着一种社会类型，各自的态度和行为所呈现出的典型立场也都与殖民主义的主导话语相关，然而这些人物形象都是丰满可信的。经由旧相识伊牧师引荐，马家父子在伦敦找到了住处。"伊牧师自然乐意有中国教友到英国来，好叫英国人看看：传教的人们在中国不是光吃饭拿钱不作事。"[18] 老舍在此处诙谐地写出了传教士的心理：自己在中国徒劳无功的原因，要归结于中国人都是"无可救药的异教徒"。这一次要情节实则在讽刺英国人以拯救不信奉上帝的黑暗之地为由，持续不断地在经济、文化以及领土上对中国展开殖民扩张的行为。

伊牧师揽下了为马家父子安排住宿的活儿。他直接去了布鲁姆斯伯里，因为"稍微大一点的旅馆就不租中国人"，"只有大英博物院后面一带的房子，和小旅馆，还可以租给中国人"。[19]行文至此，老舍的声音出现在了叙述中，毫不含糊地解释了 20 世纪 20 年代伦敦中国人的境遇：

> 在伦敦的中国人，大概可以分作两等，工人和学生。工人多半是住在东伦敦，最给中国人丢脸的中国城。没钱到东方旅行的德国人，法国人，美国人，到伦敦的时候，总要到中国城去看一眼，为是找些写小说，日记，新闻的材料……中国城要是住着二十个中国人，他们的记载上一定是五千；而且这五千黄脸鬼是个个抽大烟，私运军火，害死人把尸首往床底下藏……作小说的，写戏剧的，作电影的，描写中国人全根据着这种传说和报告。然后看戏，看电影，念小说的……把这种出乎情理的事牢牢的记在脑子里，于是中国人就变成世界上最阴险，最污浊，最讨厌，最卑鄙的一种两条腿儿的动物！[20]

温都太太在戈登街有一处寄宿公寓，尽管眼下还有空房，但依然给出了意料之中的回应："你想我能叫两个中国人在我的房子里煮老鼠吃吗？"[21]温都太太属于 19 世纪末成长起来的一代人，当时的帝国主义意识形态决定了她所受到的基础教育。在 1883 年的儿童地理读物上会出现这样的语句："如果去了中国，就可能会吃到一些非常奇怪的东西。一个地地道道的中国人会烹制老鼠、小猫还有小狗。"[22] 这种带有种族歧视意味的表述，使英国人总会下意识地与中国人保持距离，也促使温都太太"作出不信任的回应"。[23] 伊牧师"正想说'中国人不吃老鼠'"，

> 继而一想，这么一说是分明给她个小钉子碰，房子还能租到手吗？于是连忙改嘴："我自然嘱咐他们别吃老鼠！……房租呢，你说多少是多少……咱们都是真正的基督徒，咱们总得受点屈，成全成全他们爷儿两个！"[24]

伊牧师信口说着，温都太太用手抚摸着她的京巴狗，在贪婪与道义之间摇摆不定。

> （她）心里一个劲儿颠算：到底是多租几个钱好呢，还是一定不伺候杀人放火吃老鼠的中国人好呢？……她跟着又问了无数的问题，把她从小说，电影，戏剧，和传教士造的谣言里所得来的中国事儿，兜着底儿问了个水落石出。[25]

马家父子与英国接待人之间的文化误解，从他们与伊牧师在火车站旁边的酒馆见面的那一刻便开始了。伊牧师"对马威开始夸奖酒馆的干净，然后夸奖英国的有秩序：'到底是老英国呀！马威，看见没有？啊！'"[26] 这句话让马威感到了强烈的屈辱。当时英国

人一提到中国，就联想到"肮脏"，而西式排水系统则是西方现代化的象征。1924 年，印度著名诗人、诺贝尔文学奖获得者拉宾德拉纳特·泰戈尔（Rabindranath Tagore，1861—1941）来华访问并巡回演讲。泰戈尔主张"东方精神"必须远离西方的物质主义的影响。[27] 但他也在演讲中指出了许多缺点："我们的街道如同公共厕所，我们污秽的厨房让我们在全世界面前丢了名声。"[28] 这种表述与当时中国声势浩荡的民族主义思潮格格不入，被激进的中国学生理解为消极评价。

老舍在马家父子和他们英国接待人之间的误解中，加入了相关的历史背景。为迎接新租客的到来，温都太太"把狄·昆西的《鸦片鬼自状》找出来念；为是中国客人到了的时候，好有话和他们说"。[29] 托马斯·狄·昆西（Thomas De Quincey）大概对于英国排华思潮的产生和兴起难辞其咎。他在 19 世纪 40 年代所写的文章中充斥着对中国的病态厌恶，不仅为英国干涉中国提供了"合理的"理由，还主张采取更加强有力的侵略策略。狄·昆西于第一次鸦片战争初期发表了自己的第一篇关于中英关系的文章，在这篇文章中，他将中国人定义为"最邪恶的东方敌人"和"毫无疑问的劣等人"。[30] 他写道："我时常在想，如果我被迫离开英国去中国生活，那里的生活方式和环境一定会把我逼疯。"[31]

温都太太的京巴狗名叫拿破仑。第二次鸦片战争期间，英法联军洗劫颐和园和圆明园时发现了这种宫廷狮子狗，称其为"Pekingese"（北京犬）。有五只京巴狗被带回了英国，其中一只取名"鲁蒂"①，献给了维多利亚女王。尽管温都太太的狗会使人想起中国人所遭受的屈辱，但它的名字却象征着西方帝国主义的东方计划。1798 年，拿破仑（英国攫取东方领土的主要对手）入侵埃及后，召集了一批巴黎东方语言文化学院的专家编写了《埃及见闻》（*The Description of Egypt*），涵盖了文化、地理以及历史等多方面数据。这部 23 卷的大部头反映了欧洲希望"读懂"东方，进而占领其土地、榨干其财富的意图，"是一国侵吞另一国"的典型体现。[32]

老马从北京带了茶叶，准备当作见面礼送给英国房东。老舍通过这一细节，肯定了英国人对中式风格的喜爱。温都太太被茶叶筒上古雅的"嫦娥奔月"商标迷住了，心下判定"这俩中国人倒不像电影上的那么难看"。[33]

第二天早上，马威在下楼吃早饭的路上听到温都姑娘的声音，他的"心里像雨点儿打花瓣似的那么颤一下"。温都太太沏了中国茶，马威坐在桌旁，试图和惜字如金的玛力搭话。

　　温都太太咬了口面包，刚要端茶碗，温都姑娘忙着拉了她一把："招呼毒药！"她把这四字说得那么诚恳，自然；

---

① 鲁蒂（Looty）：意为"战利品"。——译者注

好像马威并没在那里；好像中国人的用毒药害人是千真万确，一点含忽没有的……（她）没心得罪人……自要戏里有个中国人，他一定是用毒药害人的。电影，小说，也都是如此。[34]

老舍也在《二马》中向读者解释了温都母女对中国的态度并非出于恶意，而是被错误的信息误导的结果。"英国的普通学校里教历史是不教中国事的。知道中国事的人只是到过中国做买卖的，传教的；这两种人对中国人自然没有好感。"[35] 没过多久，温都母女就发现这两位中国房客并没有什么怪异的地方，温都太太甚至很快就喜欢上了他们。她和老马因为小狗拿破仑而拉近了距离。温都太太问他"北京一年开多少次'赛狗会'，中国法律上对于狗有什么保护，哈吧狗是由中国来的不是"。老马"对于'狗学'和'科学'一样的没研究，只好敷衍她几句"[36]（老舍在此无疑是将英文译为了带有讽刺意味的汉语）。马威对傲慢的玛力害了单相思，而老马和温都太太却已经开始了解彼此，几乎要步入婚姻。不幸的是，英国社会中的偏见为温都太太带来了过多压力，使她最终放弃了这种想法："你知道，马先生，英国人是一个极骄傲的民族……最讨厌外国人动他们的妇女……种族的成见，你我打不破，更犯不上冒险的破坏！"[37]

尽管老舍在《二马》中描写了致使西方人对中国人心存偏见的种族意识形态，却并没有将中国的不幸全部归咎于外国的侵略。

中国之所以弱小，是因为古旧腐朽的秩序依然在国内大行其道。老马"是一点不含糊的'老'民族里的一个'老'分子……作买卖他不懂……发财大道是作官；作买卖，拿着血汗挣钱，没出息！不高明！俗气！"[38] 这也正是老马不尊重李子荣的原因。李子荣和老马正相反，他的思想和行为成为了马威希望效仿的对象。李子荣抽出一天的休息时间，带马威去看韦林新城——战后英国在社会生态技术领域打造的典范。

　　乌托邦式的"田园城市"由埃比尼泽·霍华德（Ebenezer Howard，1850—1928）发起，他呼吁创建控制规模的新式城镇，并在周围环绕永久性农业用地，以此作为现代城市发展的蓝本。霍华德认为这种田园城市可以将都市和自然完美融合。老舍对此写道，"城中的一切都近乎自然，可是这个'自然'的保持全仗着科学"。[39] 老舍很可能读过前费边社成员、中国通 G.W. 希普韦（G.W.Shipway）的一封信，这封信曾刊登在 1925 年 10 月 29 日的《中国快讯》（*China Express and Telegraph*）上。希普韦在信中提议，既然中国每个城市都肮脏不堪，方方面面都令人生厌，中国更应该使用庚子赔款建一座田园城市。[40] 马威和李子荣从巴尼特①出发，步行十英里到达了韦林新城。书中给出的距离非常准确，说明老舍本人曾经游览过这个地方，可能是和许地山一起。

---

① 巴尼特（Barnet）：老舍在《二马》中使用的译名为"邦内地"。——译者注

李子荣认为在中国的发展进程中，年轻人必须无私，必须牺牲掉奢侈的恋爱，将这些东西置于国家命运之后。马威迷恋玛力却求而不得，受尽折磨，忽视了自己的爱国责任。李子荣的性格优势表现在他的自我克制上。他甚至不会去中国餐馆，因为"吃一回就想吃第二回，太贵，吃不起"。[41]尽管李子荣的观念是现代的，但他的道德准则却是由传统的佛教思想决定的。身处于一个充满了无休止的冲突的世界里，人应该尽量减少欲念，从而实现内心的安宁。中国的哲学传统也主张将具有美学意味的冥想作为一种进入超脱的方式，尽管很少有人能够达到这种境界。这让我们会回想起马威逃离后的那一刻，李子荣沉浸于窗外的美景中——波光粼粼的泰晤士河。[42]

像李子荣一样的中国新青年将爱情置之度外，具有远见卓识的英国年轻人也在重新审视旧的方式。老舍这样描写战后的英国："有思想的人把世界上一切的旧道德，旧观念，重新估量一回……要把旧势力的拘束一手推翻，重新建设一个和平不战的人类。婚姻，家庭，道德，宗教，政治，在这种新思想下，全整个的翻了一个筋斗。"[43]伊牧师和伊夫人有两个孩子——保罗和凯萨林，他们代表了"战后截然不同的两种年轻人"。保罗和凯萨林都在中国度过了童年时代。伊夫人"不许她的儿女和中国小孩子们一块儿玩"，因为如果"小孩子们一开口就学下等语言——如中国话，印度话等等——以后绝对不能有高尚的思想"。[44]

凯萨林背着母亲自学了不少中文,如今马威来了,她渴望能学到更多。马威到伊牧师家里拜访时,看到保罗的房间里摆放着一些象征着中国耻辱的东西 "一根鸦片烟枪"以及"一对新小脚儿鞋",不禁感到一阵脸红。[45]保罗的思想是"战争,爱国,连婚姻与宗教的形式都要保存着";而凯萨林的是"和平,自由;打破婚姻,宗教;不要窄狭的爱国"。她"很安稳的"和男朋友住在一起,"因为他与她相爱……为什么要上教堂去摸摸《圣经》?为什么她一定要姓他的姓?……凯萨林对这些问题全微微的一笑"。[46]凯萨林的观点是"由读书得来的",而保罗的"意见是本着本能与天性造成的……她时时处处含着笑怀疑,他时时处处叼着烟袋断定"。凯萨林摆脱了陈旧传统的桎梏,这体现了战后西方知识分子的激进思想,可能会为新中国的青年树立一个榜样。

结　论

当一个人的灵魂在这个国家诞生的时候，立刻就有许多张大网将它罩住，不让它飞走。你在跟我谈什么民族、语言、宗教，可我正是要冲破这些大网，远走高飞。

　　　　　　　　　　——乔伊斯《一个青年艺术家的画像》

世界是个大网，人人想由网眼儿撞出去，结果全死在网里；没法子。

　　　　　　　　　　　　　　　　　——老舍《二马》

1966 年五月，一个阳光明媚的春日，老舍在正在他北京的四合院里接受英国马克思主义者罗玛·格尔德（Roma Gelder）和斯图尔特·格尔德（Stuart Gelder）夫妇的采访。老舍对格尔德夫妇说："给我讲讲皮卡迪利大街、莱斯特广场、海德公园、圣詹姆斯广场和格林公园吧。它们现在还是老样子吗？北京固然很美，但是我总以为春天的伦敦是世界上最有魅力的城市之一。还有那里的人——他们对我非常和气。可惜我们没能相处得更好。英国人如今还不能很好地了解中国，但这种情况会随着时间的推移发生变化。"[1] 采访当时，北京城里的"千树万树"都开了花，这种情景唤起了老舍对《二马》苦乐参半的回忆。《二马》的故事就是从这样的日子讲起，海德公园的美景与男主人公马威的心情构成了鲜明的对比。

此时距离老舍第一次在小说中探索中国在全球舞台上的兴起，已经过去了将近四十年。那次探索借由马威在战后伦敦的一段痛苦的成长经历而呈现，他悲观厌世的状态呼应了中国新青年在面对一个更广阔的世界时所感受到的理想主义的痛苦。这是一次沉痛的采访，因为就在几个月之后，这座美丽的四合院连同精心照料的院子都被红卫兵破坏了，而老舍也选择了投湖自尽。

斯图尔特·格尔德是一位左派作家，在 20 世纪二三十年代处于布鲁姆斯伯里文学圈的边缘，他的妹妹与穆尔克·拉吉·安纳德有过一段短暂的婚姻。1943 年，格尔德作为英国日报《新闻记事报》（*News Chronicle*）的通讯记者第一次来到中国。他在《中国共产党人》（*The Chinese Communists*，1946）一书中，以赞同的笔调记录了中国共产党与日本侵略者以及蒋介石领导的国民党集团斗争的过程。这本书得到了周恩来的认可，也让格尔德在新中国成立后的几年中获得了访华特许。1966 年，格尔德终于见到了老舍。他非常想要了解老舍对于革命的看法。[2]

　　一开始，老舍自然是在远方关注着中国革命的进程。他后来这样回忆北伐战争："我们在伦敦的一些朋友天天用针插在地图上：革命军前进了，我们狂喜；退却了，懊丧。"[3] 回国之后，老舍发现他在伦敦创作的三部小说已经让他成为一名颇受欢迎的白话文作家，而他的同行则在政治上存在两极分化。随着蒋介石掌握国民党大权，残忍的"清党运动"和严苛的出版审查制度使自由主义知识分子纷纷离他而去。许多艺术家和作家开始认同共产主义意识形态，参与到了实现共产主义的革命斗争中。老舍是无党派人士。他对在重塑中国人性格过程中出现的教条灌输表示质疑，并将这种质疑反映在了自己 20 世纪 30 年代的作品，尤其是《猫城记》（一部以火星为背景的反乌托邦讽刺小说）中。在老舍看来，中国社会的救赎需要依靠个人道德与节操的提升。1937 年，抗日战争全面爆发。在中国共产党的推动下，国共两党停止内战，形成了以国共合作作为基础的抗日民族统一战线。由于老舍不唯理论，没有党派，因此成为联结不同文学派系的理想人物。"中华全国文艺界抗敌协会"在战时首都重庆①成立，老舍当选为"主

---

①　"文协"于 1938 年 3 月 27 日成立于武汉，此处应为作者误。

图 11 老舍身穿标志性的开襟毛衣。

图 12 老舍北京故居。

席"①，负责团结和支持抗战作家。在此期间，老舍创作了一系列
爱国戏剧、京戏甚至民间曲艺作品，以实际行动为文艺界支持抗
战树立了榜样。1945 年，中国取得了抗日战争的胜利，第三次国
内革命战争爆发。老舍再一次离开了中国，应美国国务院之邀，
于 1946 年前往美国进行文化交流。《骆驼祥子》是老舍的代表作品，
最初在林语堂主编的《宇宙风》杂志上连载（1936—1937），几
年之内就被翻译为多种语言版本，英译本还成为美国"每月一书"
读书会的畅销书。《骆驼祥子》的主旨是：在一个不公平的社会里，
个人的奋斗是徒劳无益的。然而英译本的译者却对原文进行了大
量修改与删减，还编写了一个圆满的结局。在 1954 年中国出版的
版本中，最后一章也被删掉了。而在序言位置，老舍写了一篇自
我批评，表示为该书最初的结局道歉。

　　1949 年 12 月，老舍满怀希望地从美国返回中国，受到了周
恩来的欢迎。老舍分到了一座位于丰盛胡同的四合院，获得了"人
民艺术家"的头衔，还被授予了一连串委员会的职位，包括全国
文联主席和中国作协副主席。随后几年，老舍作为文化代表团的
成员访问了印度、捷克斯洛伐克、朝鲜、苏联等国家。[4]一些"五四"
期间的远大梦想终于在新中国得以实现，但也有一些愿景以失败
而告终。新文化思想家所推崇的个人主义、自由思想以及"接纳

---

① 　"文协"未设会长，由老舍总理会务，为实际上的"会长"。

图 13 2007 年电视剧《茶馆》中的场景，由何群导演。

外国事物"等观点已经无人谈论。[5]

1957 年 1 月 16 日，老舍在《人民中国》杂志上发表《自由和作家》[①]一文。他在文中坚决表示："无论动机多么好，都必然会妨碍创作真正的艺术。""应该允许一位作家用他选择的方式写他爱写的东西……压制批评会破坏批评本身。"[6]老舍还借此机会为少数民族作家发声，他表示："在过去的几年里，我们已经发掘和推出了许多少数民族史诗、民间故事以及舞蹈作品，这些作品丰富了我们的精神遗产，并对我们的写作方式产生了积极影响……一方面，我们应该十分重视各民族的文学遗产，而不是残

---

① 《自由和作家》（*Freedom and the Writer*）：本文为老舍用英文所作。——译者注

酷地改变它们。另一方面，我们应该悉心培养来自所有民族的作家，让我们国家的每个角落都变成百花齐放的花园。"[7]毛泽东首先提出了"百花齐放，百家争鸣"的方针，受到了"众多学生、作家、教师、画家、医疗工作者以及宗教团体成员"的欢迎。他人"试图重拾五四运动时期知识分子所具有的坦率以及打破陈规旧习的勇气，援引了那些几乎已经被遗忘的名字和文化风格。大学开始开设关于伯特兰·罗素和约翰·梅纳德·凯恩斯（John Maynard Keynes）的课程。北京大学的一名学生要求获得阅读拜伦（Byron）的权利，而不是没完没了地阅读苏联二流作家的作品"。[8]老舍这一时期开始创作《正红旗下》，但他一定很快就预感到，这本书在他有生之年不会出版。"百花运动"掀起的异见浪潮引发了一场针对右派人士的文化镇压。根据老舍的遗孀胡挈青的记录："老舍在完成了《正红旗下》八万字的手稿之后，不得不将书暂时搁置，因为左派人士要求所有的艺术和文学作品都要描绘新中国成立之后这十三年的生活。"[9]1957 年，老舍的话剧《茶馆》首次上演。[10]话剧的场景设置在一家极具历史特色的北京茶馆里，那是个"凉棚下都有挂鸟笼的地方"。"各处都贴着'莫谈国事'的纸条"，而且每一幕的纸条都比前一幕的大。《茶馆》共分三幕，展现了中国由传统走向现代的改革与革命历程。第一幕设置在戊戌变法失败后的 1898 年，第二幕设置在军阀割据的 1917 年，

第三幕设置在日本战败、中华民国国民政府即将垮台的 1945 年。通过三个精心设置的时代，老舍在剧中探讨了专制政府对于普通市民的影响。然而首演不久，《茶馆》就成了批判的对象，并在 1963 年"由于缺乏革命性言论"再度受到抨击。

　　格尔德夫妇对老舍的采访主要围绕一个问题，即"除了一两部戏剧、几篇的故事和文章"之外，为什么对解放后的中国"着墨不多"。老舍试着解释他对于当前改革运动的感受：

> 我能理解为什么希望摧毁旧的资产阶级生活方式，但我不是马克思主义者，所以无法描写这一斗争。我也无法用和一九六六年的北京学生一样的思维去感受世界，他们是用马克思主义的观点来看待世界的。

> 你们大概觉得我是一个六十九岁的资产阶级老人，一方面希望革命成功，一方面又总是跟不上革命的步伐。我们这些老人不必再为我们的行为道歉，我们能做的就是解释一下我们为什么会这样，为那些寻找自己未来的年轻人扬手送行。[11]

老舍从不讳言自己是一个"狭隘的资产阶级"作家，他富有正义感，却对党派之争毫无热情。当时正值"整风运动"的目标是"斗垮走资本主义道路的当权派，批判资产阶级的反动学术'权威'"，在这个风口浪尖作出如此表态，注定了老舍的厄运。

图 14　圣詹姆斯花园 31 号。

　　1966 年 8 月，十几岁的红卫兵们把老舍拖进原成贤街上老文庙的院子里批斗。那年老舍 67 岁，当月早些时候因为支气管炎住过院。老舍和其他 28 位艺术家、历史学家和作家一起被迫跪在缓缓燃烧的火堆前，火中焚烧的是被禁的京剧的道具，以及旧时皇帝和官员穿戴的刺绣丝质长袍、扇子和遮阳伞。老舍被人用皮带、拳头和靴子殴打，直到背心的带子嵌到了肉里。红卫兵称老舍的作品是一摊烂泥，并给他贴上了"牛鬼蛇神"[12]的标签。当天回到家中，老舍发现四合院已经被洗劫一空，就连他精心照料的菊花盆栽也被打翻在地上。红卫兵命令老舍第二天一早戴着写有"现行反革命分子"的牌子去文化局报到，然而老舍却去了太平湖。

　　格尔德夫妇口中的"一两部戏剧"，其实具有深远的影响。《茶馆》在文化上的重要性可以比肩爱尔兰作家约翰·米尔顿·辛格（J. M. Synge）的作品《西方世界的花花公子》（*The Playboy of the Western World*，1907），两者均为 20 世纪的去殖民化民族斗争中的里程碑。1907 年，《爱尔兰时报》（*The Irish Times*）附和了奥斯卡·王尔德的观点，评定辛格的戏剧具有令人不安的特质，并且预见到《茶馆》在当时中国的接受度不会太高："好像有一面镜子立在了我们面前，我们发现自己丑恶不堪。我们害怕面对这件事情。我们发出尖叫。"老舍的自杀被裁定为"自绝于人民"，不禁让人想起了叶芝对于辛格的评论："每当一个国家产生一个天才时，他的思想永远和那个国家当下的想法相左。"[13]

随着人们开始在国际现代主义背景下认识老舍的作品，老舍早期的小说推出了新的译本，也受到了评论界的重视。这些现象都在表明，老舍不仅仅是一位在社会现实主义的宗旨中值得推崇的作家，他的意义远大于此。毫无疑问，关于如何定义现代主义的争论将会持续下去，然而有一点已经达成共识，即非西方国家的现代主义并非欧美现代主义的衍生物，而应该作为这一文学运动的全面参与者拥有一席之地。如果我们将现代主义看作现代性条件下的一种审美反应，这种现代性在布局全球的同时又兼具了国家或地方独特性，便能更好地理解这项共识。

与此同时，老舍在伦敦留下的印迹也开始受到关注。2003 年 11 月 25 日，伦敦大学亚非学院院长科林·邦迪（Colin Bundy）在圣詹姆斯花园 31 号主持了英国遗产"蓝牌"揭幕仪式。1925 年至 1928 年期间，老舍和艾支顿曾经居住在这里。这块蓝牌具有非凡的意义，它是伦敦唯一一块写有汉字的蓝牌，也是唯一一块纪念中国作家的蓝牌。

注　释

前　言

1. Gabriel Josipovici, *What Ever Happened to Modernism?* New Haven and London:Yale University Press, 2010, p.11. 约波瑟维齐从马克斯·韦伯那里借用了"幻灭"（disenchantment）这一重要术语，用来描绘现代西方社会的变化——从一个迷信的时代变成一个尊重科学推理和常识的时代，这要得益于宗教改革之后中世纪的神圣宗教被理智化的新教所取代。

2. 同上书，第 186 页。埃里克·阿约指出，"当现代主义的伟大历史被书写出来时，其最核心的作品将不再是那些源自欧洲的作品，而是别处的最伟大、最具说服力的作品。比如说，可以把中国及其他地方的当代先锋表演和视觉艺术作品，视为对现代主义价值的持续见证"。

3.（美）史书美著，何恬译：《现代的诱惑：书写半殖民地中国的现代主义（1917—1937）》，南京：江苏人民出版社，2007。

4. Leigh Wilson, *Mordernism and Magic: Experiments with Spiritualism, Theosophy and the Occult*, Edinburgh: Edinburgh University Press, 2012, p.22.

5.（美）韩瑞著，袁剑译：《假想的"满大人"：同情、现代性与中国疼痛》，南京：江苏人民出版社，2013。

序　言

1. 胡金铨：《老舍和他的作品》，北京：北京联合出版公司，2018。

2. 老舍：《二马》，湖南：湖南文艺出版社，2017，第 11 页。

3. 中国文学作品传统上使用文言文——一种晦涩难懂的古典风格。当中国的作家接受使用白话文的革命性号召来进行文学表达时，他们不得不在此过程中创造新的写作方式，其中一个创新就是吸收接纳欧化的结构和语法。

4. 老舍：《二马》，第 11 页。

5.（英）伯特兰·罗素著，秦悦译：《中国问题》，上海：学林出版社，1996。

6. 舒济，1992。

7. 夏志清著，万芷均等译：《中国文学纵横》，上海：上海人民出版社，2019。

8. David Der-wei Wang, *Fictional Realism in Twentieth Century China: Mao Dun, Lao She, Shen Congwen*, New York: Columbia University Press, 1992.

David Der-wei Wang, *Fin-de-Siècle Splendor: Repressed Modernities of Late Qing Fiction 1849–1911*, Stanford: Stanford University Press, 1997.

第一章

1. 老舍：《我的母亲》，载《我这一辈子》，武汉：长江文艺出版社，2017。

2. 出自老舍创作的历史剧《神拳》后记。

3. 老舍：《我的母亲》，载《我这一辈子》。

4. 出自老舍创作的历史剧《神拳》后记。

5. Paul Wheatley, *The Pivot of the Four Quarters: A Preliminary Enquiry into the Origins and Character of the Ancient Chinese City*, Edinburgh: Edinburgh University Press, 1971, pp.449-451.

6. 出自老舍创作的历史剧《神拳》。

7. 同上。

8. 老舍：《正红旗下》，重庆：重庆出版社，2017。这本书创作于1961—1962 年，是部未完稿的自传体小说，描写了在 19 世纪与 20

世纪之交，清王朝即将瓦解之际，北京城内的旗人社区生活。满族对义和团运动的吸引是这本书的主题。

9. Osbert Sitwell, *Escape with Me! An Oriental Sketch-Book*, London: Macmillan, 1939, p.17.

10. 老舍：《正红旗下》，第 25 页。

11. 今天，人们似乎一致认为老舍出生于 1899 年。但是传记作家兰比尔·沃拉认为老舍出生于 1898 年，因为老舍提到过，1924 年，即他动身去英国那年是 27 岁。（译者注：老舍出生于 1898 年阴历腊月二十三，按照阳历算，是 1899 年 2 月 3 日。）

12. Pamela Kyle Crossley, *The Manchus*, London: Blackwell Publishers, 2002, p.166.

13. 老舍：《正红旗下》，第 35 页。

14. 同上书，第 36 页。

15. Crossley, *The Manchus*, New York: Wiley-Blackwell, 2002, p.85.

16. （美）艾米丽·汉恩著：《宋氏家族》，北京：新华出版社，1985。

17. 老舍：《正红旗下》，第 19—20 页。

18. 出自老舍创作的历史剧《神拳》后记。

19. 出自光绪二十八年（1902）梁启超《与夫子大人书》。

20. （美）路康乐著，王琴、刘润堂译：《满与汉：清末民初的族群关系与政治权力（1861—1928）》，北京：中国人民大学出版社，2010。

21. Thomas Mullaney, *Coming to Terms with the Nation: Ethnic Classification in Modern China*, Berkeley: University of California Press, 2010, p.24.

22.（美）路康乐：《满与汉》。

23. James Reeve Pusey, *China and Charles Darwin*, Cambridge: *Harvard University Press*, 1983, p.181.

24.（美）裴士锋著，黄中宪译：《湖南人与现代中国》，北京：社会科学文献出版社，2015。

25.（美）路康乐：《满与汉》。

26. Marie-Claire Bergère, *Sun Yat-sen*, Stanford: *Stanford University Press*, 2000, p.105.

27.（美）路康乐：《满与汉》。

28. John Charles Keyte, *The Passing of the Dragon: The Story of the Shensi Revolution and Relief Expedition*, London: Hodder and Stoughton, 1913, p.43.

29. Pamela Kyle Crossley, *The Manchus*, New York: Wiley-Blackwell, 2002, p.195.

30. 老舍：《正红旗下》，第 19 页。

31.（美）甘博著，邢文军译：《北京的社会调查》，北京：中国书店，2010。

32.（美）路康乐：《满与汉》。

33. Zbigniew Slupski, *The Evolution of a Modern Chinese Writer: An*

Analysis of Lao She's Fiction with Biographical and Bibliographical Appendices, Prague: Oriental Institute in Academia, 1966, p.82.

34. 萧乾：《风雨平生：萧乾口述自传》，北京：北京大学出版社，1999。

35. 胡絜青（1905—2001），老舍妻子。

36. 萧乾：《风雨平生》。

37. 同上。

38. 同上。

39. 老舍：《老舍小说全集》。

40. Chou, S. P. "*Lao She: An Intellectual's Role and Dilemma in Modern China*", PhD diss., Berkeley: University of California, 1976, p.9.

41. 同上文，第 13 页。

42. 老舍：《老舍小说全集》。

43. Ranbir Vohra, *Lao She and the Chinese Revolution*, Cambridge: Harvard University Press, 1974, p.14.

44. Robert Culp, *Articulating Citizenship: Civic Education and Student Politics in South Eastern China, 1912–1940*, Cambridge: Harvard University, 2007, p.7.

45. Vohra, *Lao She and the Chinese Revolution*, p.14.

46. 同上书，第 10 页。

47. 夏志清著，刘绍铭、李欧梵译：《中国现代小说史》，上海：

复旦大学出版社，2005。

48. Innes Herdan, *The Pen and the Sword: Literature and Revolution in Modern China*, London and New Jersey: Zed Books, 1992, p.57.

49. 舒济，1992。

50. Chou, "*Lao She: An Intellectual's Role and Dilemma in Modern China*", p.12.

51. 许继霖：《"五四"的历史记忆：什么样的爱国主义？》，《读书》2009 年第 5 期。

52. 刘禾著，宋伟杰译：《跨语言实践：文学、民族文化与被译介的现代性》，上海：生活·读书·新知三联书店，2014。

53. 舒济，1992。

54. 同上。

55. Britt Towery, *Lao She: China's Master Storyteller*, Texas: *The Tao Foundation*, 1999, p.24.

56. 舒济，1992。

57. John Smurthwaite, "*That Indian God*", James Joyce Broadsheet 61, No.3, 2002.

58. （爱尔兰）詹姆斯·乔伊斯著，金隄译：《尤利西斯》，北京：人民文学出版社，2012。

59. 李大钊、王光祈创办的少年中国学会之宗旨。

60. 宝广林撰，老舍译：《基督教的大同主义》，《生命》1922 年第 4 期。

61. 舒济，1992。

62. Barbara Barnouin and Yu Changgen（eds.）, *Zhou Enlai: A Political Life*, Hong Kong: *Chinese University Press*, 2006, p.15.

63. 舒济，1992。

64. 同上。

65. Fredrik Fällman, *Salvation and Modernity: Intellectuals and Faith in Modern China*, Washington: University Press of America, 2008, p.15.

66. Fredrik Fällman, *Salvation and Modernity, p.21.* 1924 年 5 月，《中华基督教会年鉴》第 7 期发表了一篇老舍撰写的文章——《北京缸瓦市教堂改建为中国教堂过程札记》。

67.（爱尔兰）乔伊斯：《尤利西斯》。

68. 老舍：《二马》，第 9 页。

69. Vohra, *Lao She and the Chinese Revolution*, p.11.70.Towery, Lao She, p.31.

71. 舒济，1992。

第二章

1. Brigit Patmore, *My Friends When Young: The Memoirs of Brigit Patmore*, London: *William Heinemann*, 1968, p.75.

2. Rupert Richard Arrowsmith, *Modernism and the Museum: Asian, African and Pacific Art and the London Avant-Garde*, Oxford: Oxford

University Press, 2001, p.3.

3.（英）雷蒙德·威廉斯著，阎嘉译：《现代主义的政治：反对新国教派》，北京：商务印书馆，2002。

4. Jonathan D.Spence, *The Gate of Heavenly Peace: The Chinese and Their Revolution, 1895—1980*, London: W.W.Norton and Co., 1992, p.74.

5. Leonard Woolf, *Mr Bennett and Mrs Brown*, London: Hogarth Press, 1924, p.10.

6. 中日绘画展从 1910 年办到了 1912 年，吸引了大量的观众和媒体人员。展品涵盖了从 4 世纪到 19 世纪的绘画作品。展览目录参看《中日绘画展览指南》。另见《东方艺术》1910 年 1 月刊，第 225-239 页。

7. Rebecca Beasley, *Ezra Pound and the Visual Culture of Modernism*, Cambridge: Cambridge University Press, 2007, p.60.

8.（美）何伟亚著，刘天路、邓红风译：《英国的课业：19 世纪中国的帝国主义教程》北京：社会科学文献出版社，2007。

9. Laurence Binyon, *Painting in the Far East: An Introduction to the History of Pictorial Art in Asia, Especially China and Japan*, London: E.Arnold, 1908, p.4.

10. Laurence Binyon, "*E Pur Si Muove*", Saturday Review 110, No.840, 1910.

David Peters Corbett, "*Laurence Binyon and the Aesthetic of Modern Art*", Visual Culture in Britain 6, No.1, 2005.

11. Binyon, *Painting in the Far East*, p.16.

12. Beasley, *Ezra Pound and the Visual Culture of Modernism*, p.62.

13. （美）埃兹拉·庞德撰，张文锋译:《关于意象主义》，载黄晋凯、张秉真主编《象征主义·意象派:外国文学流派研究资料丛书》，北京:中国人民大学出版社，1989，第147页。.

14. Zhaoming Qian, *Ezra Pound and China*, Ann Arbor: University of Michigan Press, 2003, p.18.

15. Ezra Pound and D.D.Paige(eds.), *The Selected Letters of Ezra Pound 1907—1941*, New York: New Directions Books, 1950, p.11.

16. 意象派始于1909年的一群伦敦诗人，由T. E. 休姆领导，包括F. S. 弗林特、埃兹拉·庞德、希尔达·杜利特尔、理查德·奥尔丁顿、约翰·古尔德·弗莱彻，以及后来的艾米·洛威尔。

17. Ezra Pound and A.W.Litz(eds.), *Ezra Pound and Dorothy Shakespear: Their Letters, 1909—1914*, New York: New Directions Books, 1984, p.267.

18. Steven G.Yao, *Translation and the Languages of Modernism: Gender, Politics, Language, London: Palgrave Macmillan,* 2002, p.26.

19. "在1875年之前，汉语甚至没有成为英美的主要大学，如牛津大学和耶鲁大学的课程，这证明，在19世纪，尽管人们对东方话题的兴趣高涨，然而汉语依然处于相对边缘化的状态。"——Kern, *Orientalism, Modernism and the American Poem*, Cambridge: Cambridge University Press, 1996, p.73.

"1901年，15岁的多萝西开始自学汉语。在1911年至1912年期间，她经常会去大英博物馆临摹中国展品上的图画。1913年，多萝西用沃尔特·凯恩·希利尔的《汉语以及如何学汉语》一书进行汉语学习。多萝西用从婚礼以及生日礼物上得来的钱，在查令十字街的一家二手书店买到了大卫·莫里森的七卷册《汉语词典》。"——David Moody, *Ezra Pound Poet: A Portrait of the Man & His Work*, Oxford: Oxford University Press, 2007.

20. Pound and Paige, The Selected Letters of Ezra Pound 1907—1941.

21. A.David Moody, *Ezra Pound: Poet: A Portrait of the Man and His Work*, Oxford: Oxford University Press, 2007, p.238.

东方出版社出版的"东方智慧"系列图书，包括莱昂内尔·吉尔斯的《孔子语录》（1907）、L.克兰默–宾的《孔子经典：诗经》（1908）和《玉琴》（1909），以及劳伦斯·宾尼恩的《飞龙》。

22. Monroe, 1926, p.296.

23. 同上。

24. Herbert Allen Giles, *A History of Chinese Literature*, New York: Grove Press Inc, 1923, pp.145-146.

25. Qian, Ezra *Pound and China*, p.63.

26. Eugene Chen Eoyang, *The Transparent Eye: Reflections on Translation, Chinese Literature and Comparative Poetics*, Honolulu: University of Hawaii Press, 1993, pp.106-107.

27. Mary De Rachewiltz, *A.David Moody and Joanna Moody(eds.)*, *Ezra Pound to His Parents: Letters 1895—1929*, Oxford: Oxford

University Press, 2010, p.334.

28. 亨利·戈迪埃–布尔泽斯卡（Henri Gaudier-Brzeska，1891—1915）。他的死讯被公布于旋涡派杂志《疾风》的第 2 期上。

29. Zhaoming Qian, *Orientalism and Modernism:The Legacy of China in Pound and Williams*, New York: Duke University Press Books, 1995, p.55.

30. De Rachewiltz, *Moody and Moody, Ezra Pound to His Parents*, p.317.

31. 同上书，第 318 页。

32. 文章标题为 "The Causes and Remedies of the Poverty in China"，但在期刊扉页上被写作 "of China"。宋发祥给庞德的四封信被收入钱兆明的《庞德的中国朋友：书信中的故事》中，而庞德给宋发祥的信则遗失了。

33.《中国贫困的缘由及疗方》第一期于 1914 年 3 月 16 日面世，第二期于 1914 年 4 月 1 日面世，第三期于 1914 年 5 月 15 日面世。

34. 见《自我主义者》1914 年 3 月 16 日，第 105—106 页。

35. 同上。

36. 同上。

37. 严复翻译了赫伯特·斯宾塞的《社会学研究》（*Study of Sociology*，1873）和托马斯·赫胥黎的《天演论》（*Evolution and Ethics*，1893），引入了"自然选择"和"适者生存"的概念。

38. 见《自我主义者》1914 年 3 月 16 日刊，第 106 页。

39.（美）卡尔·瑞贝卡著，高瑾等译：《世界大舞台：十九、二十世纪之交中国的民族主义》，上海：生活·读书·新知三联书店，2008。

40. 见《自我主义者》，1914 年 4 月 1 日，第 132 页。

41. 1904 年 8 月 15 日发行的《自我中心者》上刊登了厄普德的《孔夫子的话》；12 月 15 日，杂志上刊登了一篇署名为"毛明"（埃兹拉·庞德使用的假名）的文章，题目是《孔子弟子毛明的话》，以回应 F.T.S 在上一期杂志中的文章——《中国自我中心者》。另外，F.T.S 还有三篇描写中国方式的文章也发表在那一年的杂志上，分别是《中国》（9 月 15 日刊，第 354—356 页）、《一些中国的风俗习惯》（10 月 15 日刊，第 391—393 页），以及《中国》（11 月 16 日刊，第 426—427 页）。在这些文章中，他得出结论，改革的唯一希望是通过接纳基督教净化中国人的品性。宋发祥和许多受到过传教士教育的中国人一样，相信基督教文明的福音会使中国人受益。

42.《大师孔子语录》，见《自我主义者》1913 年 11 月 1 日刊。

43. 见《新时代》，1910 年 1 月 13 日。第二次世界大战期间，庞德吸收的孔子的反民主思想，在他的反法西斯活动中变得明显，见《英国——意大利公报》，1936 年 1 月 18 日。

44. Binyon, Painting in the Far East, p.261.

45.《孔子弟子毛明的话》，见《自我主义者》1914 年 12 月 15 日，第 456 页。

46. 见《自我主义者》，1914 年 4 月 1 日。

47. 刘禾：《跨语际实践》，第 82 页。

48. 同上书，第 50 页。

49. Harriet Monroe, *The New Poetry: An Anthology*, New York: Macmillan and Co., 1917, Introduction.

50. B.Korte, R.Schneider and S.Lethbridge(eds.), *Anthologies of British Poetry: Critical Perspectives from Literary and Cultural Studies*, Amsterdam: Rodopi, 2000, p.150.

51. Y.Wong, *Essays on Chinese Literature: A Comparative Approach*, Singapore: Singapore University Press, 1988, p.46.

52. 见《新青年》第二卷一号，第 11 页。

53. 梁启超：《论小说与群治之关系》，《新小说》1902 年第 1 期。

54. （美）周策纵著，陈永明、张静译，《五四运动史：现代中国的知识革命》，四川：四川人民出版社，2019。

55. 同上。

56. 见《新青年》第二卷，1916 年 9 月 1 日。

57. （美）白璧德撰，胡先骕译：《白璧德中西人文教育说》，《学衡》1922 年第 3 期。

58. 见《学衡》1922 年第 3 期，第 1 页。

59. （美）周策纵：《五四运动史》。

60. Wong, *Essays on Chinese Literature*, p.3.

61. 见《新青年》第二卷，1917 年 2 月 6 日。

62. （美）史书美：《现代的诱惑》。

第三章

1.（荷）冯客著，陈瑶译：《简明中国现代史》，北京：九州出版社，2016。

2. D.Goldring, *The Nineteen-Twenties: A General Survey and Some Personal Memories*, London: Nicholson and Watson, 1945, p.147.

M. J. Anand, *Conversations in Bloomsbury*, Oxford: Oxford University Press, 1995, p.ix.

3. Goldring, *The Nineteen-Twenties*, 1945, p.148.

4. 见《大英帝国展览会指南》。

5. 同上。

6. Chiang Yee, *The Silent Traveller in London*, London: Country Life, 1938, p.8.

7. 萧乾：《风雨平生》。

8. Sax Rohmer, *The Devil Doctor, London: Methuen*, 1916, pp.94-95.

9. John Gawsworth(eds.), *The Best Stories of Thomas Burke*, London: Phoenix House, 1950, p.8-9.

10. 老舍：《二马》，第 20 页。

11. 同上书，第 68 页。

12. 同上书，第 19 页。

13. 同上书，第 18 页。

14. 这样的模式有很多，罗德尼·吉尔伯特的《中国怎么了》（*What's Wrong with China*，1926）便是典型。

15. 舒济，1992。

16. 胡金铨：《老舍和他的作品》。

17. 同上。

18. 同上。

19. Claude McKay, *A Long Way from Home*, Piscataway: Rutgers University Press, 1937, p.56.

20. Colin Holmes(eds.), *Immigrants and Minorities in British Society*, London: George Allen&Unwin, 1978, p.121.

21. G.D.Howe, *Higher Education in the Caribbean: Past, Present and Future Directions*, Kingston: University of the West Indies Press, 2000, p.8.

22. Beatrice Webb, 1992, p.140.

23. Sidney Webb, *Beatrice Webb and Norman Mackenzie, The Letters of Beatrice and Sidney Webb Vol.3: 1892—1912*, Cambridge: Cambridge University Press, 1978, p.393.

Patricia Laurence, *Lily Briscoe's Chinese Eyes: Bloomsbury, Modernism and China*, Columbia: University of South Carolina Press, 2009, p.163.

24. Webb, *The Letters of Beatrice and Sidney Webb Vol.3: 1892—1912*, p.140.

25. Howe, *Higher Education in the Caribbean*, p.8.

26. 见《晚间新闻》，1920 年 10 月 5 日。

27. 老舍：《我的几个房东》，载《我这一辈子》，武汉：长江文艺出版社，2017。

28. 舒济，1992。

29. B.Towery, *Lao She: China's Master Storyteller*, Texas: The Tao Foundation, 1999, p.39.

30. Thomas Burke, *Limehouse Nights: Tales of Chinatown*, London: Grant Richards, 1916.

31. 老舍：《二马》，第 197 页。

32. 老舍：《东方学院——留英回忆之三》，载《天真的幽默家：老舍 40 年散文经典》，南京：江苏人民出版社，2017。

33. 老舍：《中国现代文学学库》。

34. 同上。

35. 黄遵宪著，钱仲聊注：《人境庐诗草笺注》，上海：上海古籍出版社，1981。

36. Harriet Monroe, *A Poet's Life: Seventy Years in a Changing World*, New York: Macmillan, 1938, p.103.

37. 胡金铨：《老舍和他的作品》。

38. 同上。

39. Henry R.T.Brandreth, *Episcopi Vagantes and the Anglican Church*, London: SPCK, 2006.

40. http://www.ctgenweb.org/county/cohartford/files/misc/hphs.txt.

41. 胡金铨：《老舍和他的作品》。

42. 同上。

43. 兰陵笑笑生著，艾支顿译：《金瓶梅》，伦敦：劳特利奇出版社，1939。距今更近的译本是由普林斯顿大学出版社于 2006 年出版的戴维·托德·罗伊版译本。

44. 胡金铨：《老舍和他的作品》。

45. 未删减的版本在中国依然被禁，艾支顿将不雅的部分翻译成了拉丁语。

46. Ming Dong Gu, *Chinese Theories of Fiction: A Non-Western Narrative System*, Albany: State University of New York Press, 2006. p.114.

47. 见徐志摩诗《康桥西野暮色》序。

48. Laurence, *Lily Briscoe's Chinese Eyes*, p.134.

49. 徐志摩是 20 世纪 20 年代中国颇具影响力的诗人、评论家。徐志摩来自贵族精英阶层，出身银行世家，是梁启超的得意门生。在剑桥期间，他与伯特兰·罗素以及罗杰·弗莱交好，并结识了阿瑟·韦利以及劳伦斯·宾扬。此外，他还在中国创立了新月社。1931 年，徐志摩在一次空难中不幸英年早逝。

50. 见老舍于 1926 年 6 月 6 日写给学院秘书的信，以及学院秘书在同年 10 月 29 日写给老舍的信。在 20 世纪 20 年代中期，这一工资被视为步入中产阶级工资水平的标准。M.French, " *Commercials,*

careers and culture: travelling salesmen in Britain　1890s—1930s",
Economic History Review 58, No.3, 2005, pp.352-357.

51. 见老舍于 1926 年 7 月 18 日写给学院秘书克莱格小姐的信。

52. 同上。

53. Sing-chen Lydia Chiang, *Collecting the Self: Body and Identity in Strange Tale Collections of Late Imperial China*, Leiden: Brill, 2005, p.21.

54. 见《中国电讯报》，1927 年 1 月 20 日。

55. 老舍：《中国现代文学学库》。

56. 见《中国电讯报》，1929 年 3 月 14 日。

57. Wang, *Fictional Realism in Twentieth Century China*, p.16.

58. 老舍：《二马》，第 11 页。

59. Gu, *Chinese Theories of Fiction*, p.2.

60. Anand, *Conversations in Bloomsbury*, p.7.

61. 夏志清：《中国现代小说史》。

62. Anand, *Conversations in Bloomsbury*, p.7.

63. 夏志清：《中国现代小说史》。

64. Gu, *Chinese Theories of Fiction*, p.3.

65. 见老舍于 1926 年 6 月 16 日写给丹尼森·罗斯爵士的信。

66. Slupski, *The Evolution of a Modern Chinese Writer*, p.84.

67. 老舍注意到了霍斯在爱尔兰共和国的独立过程中所扮演的具有诗意的角色。霍斯军火走私交易为爱尔兰志愿军提供了武器。普法战争（1870—1871）期间的毛瑟步枪仍在使用，这些枪支通过走私进入霍斯湾，在 1916 年的复活节起义期间发挥了作用。

第四章

1. Van Ash and Sax Rohmer, *Master of Villainy: A Biography of Sax Rohmer*, Bowling Green: Bowling Green University Popular Press, 1972, p.75.

2. 见《每日邮报》，1900 年 7 月 16 日。

3. 见《泰晤士报》，1900 年 7 月 17 日。

4.（美）柯文著，杜继东译：《历史三调：作为事件、经历和神话的义和团》，北京：社会科学文献出版社，2015。

5. 同上。

6. Rev G.H. Mitchell, *Down in Limehouse, London: Stanley*, Martin & Co.Ltd., 1925.

7. Susan R. Grayzel, W*omen's Identities at War: Gender, Motherhood and Politics in Britain and France during the First World War*, Chapel Hill: University of North Carolina Press, 1999, p.132.

8. Pound: *Ezra Pound and Dorothy Shakespear*, p.264.

9. Thomas Burke, *Out and About: A Note-book of London in War-time*, London: G. Allen and Unwin, 1919, p.52.

10. Pound, *Ezra Pound and Dorothy Shakespear*, p.264.

11. Jeffrey Meyers, *Katherine Mansfield: A Biography*, London: H. Hamilton, 1978, p.37.

12. Michael Holroyd, *Augustus John*, London: Chatto and Windus, 1996, p.418.

13. Richard Cork, *Art Beyond the Gallery in Early 20th Century England*, New Haven: Yale University Press, 1985, p.77.

14. Osbert Sitwell, *Great Morning*, London: Quartet Books, 1977, p.207.

15. Ford Madox Ford, *Women and Men*, 1923, p.76.

16. 见《每日邮报》，1922 年 3 月 14 日。

17. Kohn, *Dope Girls*, p.5.

18. Sax Rohmer, *The Si-Fan Mysteries*, London: Methuen, 1917, p.172.

19. 同上书，第 174 页。

20. Michael Diamond, *Lesser Breeds: Racial Attitudes in Popular British Culture*, 1890—1940, London: Anthem Press, 2006, p.24.

21. Kohn, *Dope Girls*, p.162.

22. 见《世界画报》，1924 年。

23. 同上书，第 166 页。

24. Sax Rohmer, *Dope: A Story of Chinatown and the Drug-Traffic*, London: Cassell, 1919, p.172.

25. 见《新闻晚报》，1922 年 4 月 25、27 日。

26. 见《新闻晚报》，1922 年 2 月 24 日。

27. 同上。

28. Robert Bickers, *Britain in China: Community, Culture and Colonialism,1900—1949*, Manchester: Manchester University Press, 1999, p.52.

29. 老舍：《二马》，第 11 页。

30. Bickers, Britain in China, p.45.

31. 舒济，1992。

32. 见《中国电讯报》，1928 年 5 月 31 日。

33. 舒济，1992。

34. 同上。

35. Newman Flower, *The Journals of Arnold Bennett, 1921—1928*, London: Cassell and Co., 1933, p.263.

36. 同上。

37. A. Bennet, "Piccadilly", *Story of the Film,* London: *The Readers Library Publishing Company*, 1929.

38. Philip Hoare, *Wilde's Last Stand: Decadence, Conspiracy and the First World War*, London: Duckworth, 1997, p.5.

39. Thomas Burke, *Out and About: A Note-book of London in War-time*, London: G. Allen and Unwin, 1925, pp.288-289.

40. Thomas Burke, *Nights in Town*, London, Grant Richards, 1915, p.76.

41. Isobel Watson, *Stepney and Limehouse 1914*, England: Alan

Godfrey Maps, 1999.

42. 见《伦敦新闻画报》，1926 年 5 月 8 日。

43. Flower, *The Journals of Arnold Bennett*, 1921—1928, p.87.

44. Tim Brooks, *Blacks and the Birth of the British Recording Industry*, Champaign: University of Illinois Press, 2004, p.307.

45. Flower, *The Journals of Arnold Bennett*, 1921—1928, p.87.

46. J.G.Birch, *Limehouse through Five Centuries*, London: The Sheldon Press, 1930, pp.142-146.

47. Burke, *Limehouse Nights*.

48. 同上。

49. 见《泰晤士报》，1916 年 9 月 28 日。

50. S.J.Adcock, *The Glory That Was Grub Street: Impressions of Contemporary Authors*, London: Sampson, Lowe, Marston & Co., 1928, p.21.

51. Brooks, *Blacks and the Birth of the British Recording Industry*, p.316.

52. 萧乾：《风雨平生》。

53. 老舍：《二马》，第 189 页。

54. Arnold Bennett, 1929, p.93.

55. 老舍：《二马》，第 253 页。

56. James Hepburn(eds.), *Arnold Bennett*, London: Routledge, 1997, p.109.

57. 老舍：《二马》，第 252 页。

58. 同上书，第 253 页。

59. Tuk Zung Tyau, *London through Chinese Eyes, or My Seven and a Half Years in London*, London: The Swarthmore Press, 1923, p.317.

60. 老舍：《二马》，第 251 页。

61. 同上书，第 134—135 页。

62. 同上书，第 27 页。

63. 同上书，第 9 页。

64. "和服上衣的多功能性，可以成为收入有限的时髦人士的选择。"见《草稿》，1911 年 9 月 13 日。

65. Peter Wollen, *Raiding the Icebox: Reflections on Twentieth-Century Culture*, Bloomington and Indianapolis: Indian University Press, 1993, p.392.

66. 见《中国电讯报》，1925 年 1 月 15 日。

67. 见《中国电讯报》，1925 年 10 月 29 日。

68. 见《中国电讯报》，1925 年 10 月 15 日。

69. 见《中国电讯报》，1925 年 1 月 29 日。

70. Sarah Cheang, *Conference Paper for "Fashion: Exploring Critical Issues", Mansfield College*, Oxford, September25-27, 2009.

71. Aldous Huxley, *Antic Hay*, London: Vintage, 2004, p.109.

72. 同上书，第 123 页。

73. 同上书：第 228 页。

74. 同上书：第 253 页。在弗吉尼亚·伍尔夫的《到灯塔去》（To the Lighthouse，1927）一书中，年轻的画家、新女性莉莉·布里斯科被赋予了"一双中国人的眼睛，歪斜在她那张白皙的、皱巴巴的小脸上"。

75. Sarah Cheang, "*Chinese robes in Western interiors: transitionality and transformation*", in Alla Myzelev and John Potvin(eds.), *Fashion, Interior Design and the Contours of Modern Identity*, Farnham: Ashgate, 2010, pp.125-146.

76. 老舍：《二马》，第 157 页。

77. 同上书，第 71 页。

78. Sarah Cheang, Conference paper.

79. 老舍：《二马》，第 150 页。

80. 同上书，第 157 页。

81. 同上书，第 121 页。

82. 同上书，第 229 页。

第五章

1. Goldring, *The Nineteen-Twenties*, p.63.

2. 老舍：《二马》，第 2 页。

3. 同上书，第 4 页。

4. 同上书，第 4—5 页。

5. Burke, *Limehouse Nights*, p.91.

6. 同上书，第 223 页。

7. 同上书，第 63 页。

8. 老舍：《二马》，第 8 页。

9. Wai-Lim Yip, *Diffusion of Distances: Dialogues between Chinese and Western Poetics*, Berkeley: University of California Press, 1993, p.108.

10. 同上。

11. 老舍：《二马》，第 8 页。

12. 同上书，第 9 页。

13. Gu, *Chinese Theories of Fiction*, p.117.

14. Burke, *Limehouse Nights*, p.19.

15. 同上。

16. 老舍：《一个近代最伟大的境界与人格的创造者——我最爱的作家康拉德》，载《老舍文集（第十五卷）》，北京：人民文学出版社，1990。

17. James E. Marlow, *Charles Dickens: The Uses of Time*, Pennsylvania: Susquehanna University Press, 1994, p.150.

18. 老舍：《二马》，第 19 页。

19. 同上书，第 11 页。

20. 同上书，第 10-11 页。

21. 同上书，第 14 页。

22. Bernard Porter, *The Absent-Minded Imperialists: Empire, Society,*

and Culture in Britain, Oxford: Oxford University Press, 2004, p.185.

23. 舒济，1992。

24. 老舍：《二马》，第 14 页。

25. 同上书，第 15 页。

26. 同上书，第 23 页。

27. Stephen N.Hay, *Asian Ideas of East and West: Tagore and His Critics in Japan, China and India*, Cambridge: Harvard University Press, 1970, p.170.

28. Spence, The Gate of Heavenly Peace, p.215.

29. 老舍：《二马》，第 29 页。

30. Thomas De Quincey, *China: A Revised Reprint of Articles from "Titan", with Preface and Additions*, Edinburgh: James Hogg, 1857, p.104.

31. De Quincey, *Confessions of an English Opium Eater*, Oxford: Oxford University Press, 1822, p.73.

32. （美）爱德华·W.萨义德著，王宇根译：《东方学》，上海：生活·读书·新知三联书店，2007。

33. 老舍：《二马》，第 30 页。

34. 同上书，第 37 页。

35. 同上书，第 81 页。

36. 同上书，第 46 页。

37. 同上书，第 228 页。

38. 同上书，第 43 页。

39. 同上书，第 235 页。

40. 见《中国电讯报》，1925 年 10 月 29 日。

41. 老舍：《二马》，第 156 页。

42. I. Knox, *The Aesthetic Theories of Kant, Hegel and Schopenhauer,* New York: Columbia University Press, 1936, p.129.

43. 老舍：《二马》，第 230 页。

44. 同上书，第 83 页。

45. 同上书，第 91 页。

46. 同上书，第 231 页。

结 论

1. S.Gelder and R. Gelder, *Memories for a Chinese Grand-Daughter*, London: Hutchinson and Co.,1967, p.183.

2. Gelder, *Memories for a Chinese Grand-Daughter*, p.184.

3. Vohra, *Lao She and the Chinese Revolution*, p.57.

4. 舒济，1992。

5. Rana Mitter, *A Bitter Revolution: China's Struggle with the Modern World*, Oxford: Oxford University Press, 2005, p.199.

6. 老舍：《自由和作家》，载《老舍全集》，北京：人民文学出版社，2013。

7. 见《人民中国》，1957 年。

8. Spence, *The Gate of Heavenly Peace*, p.378.

9. 舒济，1992。

10.《茶馆》于 1957 年 7 月 24 日刊载于上海《收获》杂志的创刊号上。1958 年 3 月，话剧《茶馆》在北京人民艺术剧院首演。

11. 老舍：《老舍全集 第 18 卷》，北京：人民文学出版社，2013。

12. (美)迈克尔·麦尔著，何雨珈译：《再会，老北京：一座转型的城，一段正在消逝的老街生活》，上海：上海译文出版社，2013。

13. Declan Kiberd, *Inventing Ireland: The Literature of the Modern Nation*, Columbia: Harvard University Press, 1997, p.128.

出版后记

关于老舍的研究，在老舍身前身后层出不穷，汗牛充栋，似乎已经写不出多少新意。然而，本书仍然找到了合适的切入点，即以西方视角看待老舍的国外经历，从而让本书的研究视角扩展到文本和作家以外广阔的文化土壤中。

因此，这本《老舍在伦敦》多少有些借题发挥的意味。如书中引用萧乾的话："一个人在国外往往代表的不仅仅是他本人，在他身上经常反映出国家的地位。"出于对 20 世纪 20 年代中国人世界观念的整体考察，老舍本人的异国经历、几部小说中虚构的情节和人物经历、《皮卡迪利大街》等西方返照东方社会的文本有了统合起来的必要性。作者在几个层面进行的穿针引线，也具有了整合现实与虚构的力量。

虚实对照、小中见大，这一思路不可谓不重要。加缪说，伟大的思想是由鸽子的爪子带到世上来的。优秀的艺术不仅如亚里士多德主张的那样具有对生活的概括性，也能预见由当下到未来的发展。《二马》中父子俩啼笑皆非的爱情故事，折射出东方与西方世界对对方的现代性想象。也包含着双方对自身存在的焦虑。在小说出版近百年后，这样的研究仍然能予人以新鲜的材料、视角和启示。

读者邮箱：duzhe@lutebook.com

投稿邮箱：tougao@lutebook.com

宝琴文化

2022 年 1 月

图书在版编目（CIP）数据

老舍在伦敦 /（英）安妮·韦查德著；尹文萍译
. —— 北京：北京联合出版公司，2022.4
ISBN 978-7-5596-5830-2

Ⅰ.①老… Ⅱ.①安… ②尹… Ⅲ.①老舍（1899-
1966）- 文学研究 Ⅳ.① I206.6

中国版本图书馆 CIP 数据核字 (2022) 第 001195 号

Lao She in London

© 2012 香港大学出版社

老舍在伦敦

作　　者：［英］安妮·韦查德
出 品 人：赵红仕
译　　者：尹文萍
选题策划：宝琴文化
出版统筹：赵　卓
特约编辑：郎　子　肖　玥
责任编辑：牛炜征
装帧设计：文　雯

北京联合出版公司出版
（北京市西城区德外大街83号楼9层　100088）
北京联合天畅文化传播公司发行
北京美图印务有限公司印刷 新华书店经销
字数68千字　　　880毫米×1230毫米　　1/32　　7.25印张
2022年4月第1版　　2022年4月第1次印刷
ISBN 978-7-5596-5830-2
定价：58.00 元